발렌 판타지 장편소설

**FANTASY STORY & ADVENTURE**

# 마법군주

## 인 칼리스타

*In Kallista*

7

dream
books
드림북스

# 마법군주 7
묘인국으로

초판 1쇄 발행 / 2010년 9월 14일
초판 2쇄 발행 / 2011년 3월 26일

지은이 / 발렌

발행인 / 오영배
편집장 / 허경란
편집 / 신동철, 오미정, 문보람, 윤상현
본문 디자인 / 신경선
펴낸 곳 / (주)삼양출판사 · 드림북스

주소 / 서울특별시 강북구 송천동 322-10호
대표 전화 / 02-980-2112  팩스 / 02-983-0660
편집부 전화 / 02-980-2116  팩스 / 02-983-8201
블로그 / blog.naver.com/dreambookss

등록번호 / 제9-00046호
등록일자 / 1999년 3월 11일

ISBN 978-89-542-3759-8   04810
ISBN 978-89-542-3334-7   (세트)

* 지은이와 협의하에 인지는 생략합니다.
* 잘못된 책은 구입한 곳에서 바꾸어 드립니다.

# 마법군주
## 인 칼리스타

**발렌** 판타지 장편소설
FANTASY STORY & ADVENTURE

*In Kallista*

**7**

묘인국으로

dream
books
드림북스

인 칼리스타

제1화

혼인첩

"마님, 이제 그만 일어나세요."

커튼을 젖히자 환한 햇살이 방 안으로 쏟아졌다.

"마그, 나 새벽에 들어온 거 알잖아요. 조금만 더 잘게."

오웬은 이불을 끌어당겨 머리 위로 덮어썼다. 갑자기 잠에서 깬 탓인지 두통이 몰려왔다.

"저도 그렇게 해드리고는 싶지만 아래층에서 손님들이 기다리십니다."

"손님?"

"네, 그러니 어서 일어나세요."

마그가 침대로 다가와 부드럽게 이불을 걷어갔다. 다시 햇

살이 비치자 오웬은 저도 모르게 인상을 찌푸렸다.

"지금이 몇 신데 손님이 와? 설마 벌써 오후란 말이야?"

요사이 모임이 많아 귀가 시간이 늦기는 했다. 어제만 해도 침대에 누워 시계를 보니 새벽 3시가 다 되어가고 있었다. 하지만 오웬은 지금껏 기상 시간을 오후로 넘겨본 적이 없었다.

"이렇게 늦게까지 자고 있었다니……."

남아있던 잠이 확 달아났다.

그녀의 아들인 리안은 밤새 일을 하고도 늦잠을 자는 법이 없었다. 새벽닭이 울면 어김없이 일어나 아침 업무를 시작하는 부지런한 영주가 바로 그녀의 아들이다.

그런 아들에게 부끄럽지 않기 위해서 얼마나 애를 썼던가. 오웬이 머리를 매만지며 후다닥 침대에서 내려왔다.

"마님, 안심하세요. 아직 9시도 안 되었습니다."

오웬은 가운을 입다 말고 고개를 돌렸다.

"마그, 방금 9시라고 했어요?"

"네, 손님이 조금 일찍 오셨네요."

유감이라는 듯 마그가 어깨를 으쓱였다. 오웬은 그제야 탁자 위에 놓인 시계로 시선을 가져갔다. 정말로 시곗바늘이 숫자 9를 넘지 못하고 있었다.

"하아."

그녀가 허탈한 표정을 지으며 의자에 주저앉았다. 늦잠을 자지 않았다는 사실에는 안도감이 들었지만, 이른 아침 찾아온 손님에게는 괘씸하다는 생각이 들었다.

의당 사람이라면 지켜야 할 예의범절이 있다. 특히나 귀족이라면 알 것이다. 밤늦도록 파티와 모임이 이어지는 요즘 같은 시절에 이른 방문이 얼마나 실례인지를. 그 탓인지 그녀답지 않게 날카로운 목소리가 튀어나왔다.

"누구죠?"

"오필리아가 왔다고 전해달라더군요. 아시는 분입니까?"

"……"

찾아온 손님의 이름을 듣는 순간 오웬의 이마에 작은 주름이 잡혔다.

당연히 알고 있다. 어떻게 잊을 수 있겠는가.

오필리아 드 카타이저.

얼마 전까지만 해도 오웬은 그녀를 리안의 장래 신붓감 중 한 명으로 점찍어 놓고 있었다.

올해 열아홉 살이 된 오필리아는 카타이저 백작 가문의 장녀로 매우 아름답고 똑똑하며 재주가 많은 여성이었다. 남을 위한 배려심은 물론, 다정다감한 성격에 불의를 보면 참지 못하는 정의로움까지 갖춘 여인이었다. 지난달까지만 해도 오웬은 정말로 그렇게 생각했었다.

하지만 지금은 마주보고 대화를 나누기도 싫을 정도로 불쾌한 상대로 바뀌었다. 아마 경멸한다는 표현이 맞을 것이다.

지난달, 어느 귀족의 파티에서 오웬은 그동안 오필리아가 자신 앞에서만 얌전한 척, 고상한 척 위선을 떨었다는 것을 우연한 기회로 알게 되었다.

믿을 수 없게도, 오필리아는 그 나이에 벌써부터 밀회를 즐기는 남자가 있었다. 그것도 아버지뻘 되는, 심지어 아내까지 있는 유부남이 그 상대였다.

잠시 머리를 식히고자 파티장에서 홀로 떨어져 나오지 않았다면 아마 지금까지도 몰랐을 것이다. 으슥한 어둠 속에서 서로의 몸을 더듬으며 음탕한 말을 주고받던 둘의 대화가 아직도 머릿속에서 지워지지가 않았다.

그래도 혹시나 하는 마음에 오웬은 아들의 친구인 엘에게 부탁까지 했었다(누군가의 뒷조사를 부탁하기는 그날이 난생 처음이었다).

결과는 끝까지 오필리아를 믿고 싶었던 오웬의 마음에 큰 생채기를 남겼다. 딸처럼 예뻐했기에 배신감은 더욱 컸다. 자신보다 한참이나 어린 여자에게 속고 있었다는 사실에 심한 모멸감까지 느꼈다.

"마님, 아시는 분이 아닙니까?"

"……모르진 않지."

오웬의 모호한 답변에 마그가 고개를 갸웃할 때, 오웬이 물었다.

"혼자 왔나요?"

"아니요, 마틸다라는 친구 분도 함께 오셨습니다."

그럴 줄 알았다. 마틸다는 오필리아와는 사촌지간으로 둘은 어디든 항상 함께 다니는 세트 같은 사이였다.

끼리끼리 논다고 하였던가?

엘의 말에 의하면 오필리아보다 두 살 연상인 그녀도 별반 다르지 않았다. 오필리아와 경쟁이라도 하듯 오웬의 앞에서는 순진한 요조숙녀인 척 굴더니 뒤에서는 숱한 남성들과 염문을 뿌리고 있었다.

이번 기회로 오웬은 자신이 얼마나 무지한지 새삼 깨닫게 되었다. 오랜 세월을 조용히 시골에서만 산 탓인지 귀족들의 세계가 보이는 것이 전부가 아니라는 것을 그만 잊고 있었다.

하나밖에 없는 소중한 아들의 짝으로 오필리아 같은 아이를 점찍어두고 있었다는 것에, 오웬은 스스로에게 너무 큰 화가 났다.

그간의 불행을 잊고 황도로 올라와 활기찬 삶을 살아가던 그녀에게 오필리아는 경각심을 일깨워준 하나의 일대 사건이었다.

그녀의 이른 방문이 무엇 때문인지 오웬은 짐작이 갔다.

'만나주지 않으니 이렇게라도 찾아올 수밖에.'

살갑게 대하던 예전과 달리, 요즘은 파티나 모임에서 마주쳐도 오웬은 그녀를 차갑게만 대했다. 오필리아가 둘만의 대화를 따로 신청할 새도 없이 오웬이 다른 사람들에게 가버리는 통에 애먼 뒤통수만 보았을 것이다.

무례라는 것을 알면서도 이런 시각을 택할 수밖에 없었던 그녀의 처지가 딱하기는 하나, 오웬은 결코 작금의 무례를 가볍게 넘길 생각이 없었다.

"마그, 준비 좀 도와줘요."

"네, 마님."

오웬은 우선 욕실로 향했다. 오늘 아침은 여느 날과 달리 목욕부터 할 생각이었다.


오웬이 채비를 마치고 응접실로 내려갔을 땐 거의 11시가 다 되어가고 있었다. 방금 전까지만 해도 초조한 빛을 띠던 오필리아가 반색하며 오웬을 반겼다.

"칼리스타 부인, 좋은 아침입니다. 안녕히 주무셨어요?"

오웬을 향해 방긋거리는 오필리아는 다시 보아도 참 정숙하고 아름다웠다. 오필리아보다는 못하지만 옆에 선 마틸다도 어디 가서 빠지는 외모는 아니었다.

아마 예전이었다면 오웬도 미소로 화답하며 그들을 상대했을 것이다. 하지만 지금의 그녀는 그러기엔 너무 많은 것을 알고 있었다.

"오필리아 양, 마틸다 양, 말도 없이 어쩐 일이죠?"

오웬은 인사를 생략하고 그들의 맞은편으로 가 앉았다. 확연히 드러나는 그녀의 딱딱한 태도 때문인지 둘 모두 당황한 기색이 역력했다.

"어제 분명 우리 파티장에서 만나지 않았던가요?"

"네, 부인. 그때 제가 부인께······."

"기억하기로, 내가 먼저 파티장을 나온 것 같은데, 맞나요?"

"네······."

"그렇다면 몇 시쯤 귀가했을지도 대충 알겠군요."

"아, 저 그게······."

"오필리아 양과 마틸다 양은 젊어서 괜찮을지 모르지만 난 지금 상당히 피곤합니다. 이토록 이른 시간에 방문을 한다는 게 얼마나 예의에 어긋나는 행동인지 모르지는 않을 텐데요."

온화한 미소를 입가에 물고 있지만 오웬의 표정과 말투에서는 냉기가 뚝뚝 떨어졌다. 한 번도 본 적이 없는 모습이기에 오필리아는 잠시 당혹스러웠지만, 특유의 애교를 내세우며 귀여운 음성을 발했다.

"어머니, 전처럼 리아라고 불러주세요. 갑자기 오필리아라고 부르시니 거리감이 느껴져서 서운해요. 말씀도 놓으시고요."

"오필리아 양, 전부터 말하고 싶었는데 내가 왜 오필리아 양의 어머니인가요? 나에게 딸은 온 제국민이 알다시피 황후 마마밖에는 없습니다."

"······!"

"그리고 난 왜 이런 시간에 찾아왔냐고 물었어요. 집주인의 잠을 멋대로 깨워야 할 만큼 중대한 일이라도 생긴 건가요?"

오웬의 차가운 눈빛 앞에서 오필리아는 순간 말을 잃었다.

요즘 불안했던 이유가 이것이었나?

언젠가부터 오웬이 자신을 피한다고 생각은 했지만 그래도 설마 설마 했었다. 불과 얼마 전까지만 해도 자신을 딸처럼 대하시던 분이 아니던가.

오필리아는 알고 있었다. 그녀가 자신을 다른 여인들보다 특별하게 여기고 있음을.

그것은 너무나도 당연한 것이었다. 자신이 그만큼 공을 들였으니까.

칼리스타 백작을 갖기 위해서, 그의 아내가 되기 위해서 오필리아는 근 2년을 조심하고 또 조심하며 지금의 이미지를 만들었다.

열일곱 살이 되던 그해 여름, 친구를 따라 간 모임에서 리안을 보고 오필리아는 한눈에 반하고 말았다. 단언하건대, 그녀 평생 그토록 마음을 끄는 사람은 처음이었다.

그가 미소를 짓고 자신을 바라볼 때면 오필리아는 심장이 터질 것 같은 기분을 느꼈다. 누구에게도 뺏기고 싶지 않았다. 그를, 칼리스타 백작을 오로지 자신의 남자로만 머물게 하고 싶었다.

하지만 주변에 경쟁자가 너무 많았다. 그에게 반한 여성이 자신뿐이 아니라는 걸 아는 데에는 오랜 시간이 필요하지도 않았다.

오필리아는 머리가 좋은 편이다. 그런 그녀에게 그녀의 현명한 두뇌가 말했다. 그의 어머니인 오웬을 공략하라고.

그때부터였다. 오웬 앞에서든, 누구 앞에서든 오필리아의 철저한 연극이 시작된 것은.

어려서부터 노는 것을 좋아하던 그녀이기에 조신한 척 구는 것이 가장 힘들었지만, 리안을 차지하기 위해서라면 얼마든지 감수할 수 있었다.

그녀의 본모습을 가장 많이 아는 마틸다도 혀를 내두를 정도로 오필리아의 연기는 완벽했다.

그런데 무엇이 잘못된 걸까?

자신을 향한 오웬의 눈빛에서 오필리아는 전처럼 따스함을 느낄 수가 없었다. 오히려 그녀의 눈빛은 멸시에 가까웠다.

'들켰나?'

제일 먼저 든 생각이지만 가능성이 희박했다. 일주일에 한 번, 그 남자를 만나 즐길 때를 빼고는 어디에서도 흐트러진 모습을 보이지 않았다.

남자와의 만남 또한 아주 은밀해서 누구도 알 수 있을 리가 없었다. 그녀는 자신의 철저함을 자부했다.

"부인, 단잠을 깨워 정말 죄송합니다. 부인께서 이렇듯 화를 내실 줄 알았다면 다음에 올 걸 후회가 드네요. 다시 한 번 깊이 사과드릴 테니, 부디 노여움 푸세요."

오필리아가 말이 없자 마틸다가 대신 나서 먼저 사과했다. 그동안 속은 게 괘씸하긴 하지만, 눈앞에서 사죄하는 모습을 보고 있으니 오웬은 조금이나마 마음이 누그러졌다. 원래부터 그녀는 모진 성격이 못 되었다.

주춤하는 오웬의 기색을 읽은 듯 오필리아가 상념에서 빠져나오며 재빨리 덧붙였다.

"네, 칼리스타 부인. 정말 죄송합니다. 제가 생각이 짧았어요. 이제와 이런 말씀 드리는 거 소용없겠지만, 저희는 그만 돌아갈 테니 올라가서 쉬세요."

"정말 실례 많았습니다. 다음에 다시 와서 정식으로 사과드릴게요."

뭐든 지나치면 아니한 만 못하다고 했던가. 연이어 허리를 숙이며 사죄하는 둘을 보고 있으니 오웬은 '가식'이라는 말이 절로 떠올랐다.

이전에는 왜 몰랐을까?

하마터면 또 깜박 속을 뻔했다. 하지만 이제는 오웬도 안다. 저 순진하고 어수룩해 보이는 얼굴은 가면이라는 걸.

그녀의 차가운 음성이 이어졌다.

"이미 달아난 잠, 다시 찾아오기도 애매하군요. 이왕 이렇게 온 거, 용건이나 말해보도록 해요. 무슨 일이죠?"

막 몸을 일으키던 오필리아와 마틸다가 동시에 멈칫거렸다. 당혹감에 서로의 눈빛을 보며 우물쭈물하는 모양새가 바보 같을 정도로 눈에 확 띄었다.

그간 오필리아를 지혜롭고 현명한 여자로 판단하고 있었는데, 이제 보니 잘못 봐도 단단히 잘못 본 모양이었다. 빈틈이 이렇게나 많이 드러나는 걸 지금껏 몰랐다니, 정말 스스로가 한심스러울 지경이었다.

"저, 그게…… 어젯밤 부인께서 잘 들어가셨는지 궁금해서……."

"마, 맞아요. 근래 부인과 대화를 나눈 시간이 부족해선지 어떻게 지내시는지 궁금하더라고요. 네, 그래서 찾아왔습니다."

오기 전에는 분명 그럴 듯한 이유를 만들었는데, 놀라선지 오필리아는 떠오르는 것이 없었다. 그녀가 마틸다의 말에 재빨리 살을 붙이며 배시시 미소를 지었다.

그때였다.

"마님, 손님이 오셨습니다."

마그의 음성과 함께 응접실 입구로 웬 남자의 모습이 보였다.

한 오십 대 정도 되었을까? 머리가 희끗하게 센 노신사였다. 그가 매우 정중한 자태로 오웬을 향해 인사하며 천천히 걸어 들어왔다.

"저자는……."

사내를 먼저 알아본 건 오필리아였다. 그녀보다 조금 느리긴 했지만 마틸다의 얼굴을 보니 그녀도 노신사의 정체를 알고 있는 듯했다.

'누구?'

반면 그녀들보다 어른이긴 하나 상대적으로 황도에서의 생활이 오래되지 않은 오웬은 노신사를 알아보지 못했다.

"칼리스타 부인께 인사드립니다. 소인은 스웨르겐 백작가에서 집사를 맡고 있는 베일이라고 합니다."

'스웨르겐?'

오웬의 눈이 동그래졌다

스웨르겐 백작가라면 제국의 재상인 타운젠드 공작의 사위가 이끄는 가문이었다. 그런 가문의 집사가 자신을 무슨 일로 찾아왔단 말인가.

제일 먼저 든 생각은 리안이었다. 부재중인 아들을 대신해서 자신에게 무언가를 전하려는 것일까?

오웬이 생각할 수 있는 건 그 정도가 다였다. 떨떠름하지만 오웬은 일단 상대의 인사를 받았다.

"반가워요, 베일. 무슨 일이죠?"

"소인의 주인이신 스웨르겐 백작님의 명을 받고 칼리스타 부인께 이것을 전해드리고자 왔습니다."

또박또박한 어조로 용건을 말하며 그가 품에서 무언가를 꺼냈다.

"아들이 아니라…… 제게 말인가요?"

"네, 반드시 칼리스타 부인께 전하라 하셨습니다."

베일의 '반드시'라는 말에 오웬은 황당한 표정을 지었다. 사석에서 백작을 본 적이 몇 번 있긴 하지만, 대화를 나눠본 적은 없었기 때문이다.

'갑자기 이제 와서 친한 척이라도 하겠다는 건가?'

잘나가는 아들과 황후를 자식으로 둔 덕에 오웬의 주위에는 그런 자들이 널리고 널렸다.

그러나 스웨르겐 백작은 무려 타운젠드 공작의 사위가 되는 사람이었다. 아쉬울 게 없는 자라는 뜻이다.

오웬은 얼떨결에 상대가 무엇을 내미는지도 모른 채 받아들었다.

"그럼 소인은 이만 물러가겠습니다."

베일은 다시 한 번 정중히 인사를 한 후 곧 응접실을 빠져나갔다. 오웬은 그가 시야에서 완전히 사라지고 나서야 손에 든 물건으로 시선을 내렸다.

"설마……!"

그때 무슨 일인지 오필리아가 격한 신음성을 터뜨렸다. 그런 그녀의 얼굴은 새하얗게 질려 있었다.

"리아?"

마틸다가 깜짝 놀라며 서둘러 오필리아의 어깨에 손을 둘렀다.

"갑자기 왜 그래? 어디 아파?"

"오필리아 양, 괜찮은가요?"

창백한 모습이 순간 가여워서 오웬도 묻지 않을 수 없었다. 그러자 괜찮다는 듯 오필리아가 손을 젓더니 간신히 입을 열어 말했다.

"여, 열어 보세요."

"……?"

"손에 드신…… 그거 말이에요."

"아."

떨리는 오필리아의 음성이 이해가 안 갔지만, 덕분에 오웬은 관심을 돌릴 수 있었다.

그녀가 받은 건 한 장의 서찰이었다. 특이한 점이라면 보통의 서찰보다 크기가 두 배는 컸고, 봉투의 겉면이 매우 화려하면서도 격식 있어 보인다는 것이었다.

서찰에 매어져 있는 리본 모양의 비단 천 또한 무척 값비싼 재질로 만들어졌음을 한눈에 알 수 있었다.

'그러고 보니……?'

오웬의 눈매가 가늘어졌다. 어디서 낯이 익었다 싶었다.

붉은색 천에 황금색과 은색이 번갈아 수놓아진 그 리본을 오웬은 과거에도 본 기억이 났다.

이십여 년 전 자신이 시집을 가던 해, 그리고 그녀의 딸인 레지나가 황제와 성혼을 올리던 그날에.

두근두근.

가슴이 뛰었다. 그녀가 급히 리본을 풀고 봉투를 열었다.


　　친애하는 칼리스타 부인께.


서찰의 첫머리는 평범했다. 하지만 그 아래의 내용은 결코 평범하지 않았다.


　　추운 겨울이 이제 막 목전에 도착했습니다.

　　가내는 평안하신지요.

　　다름이 아니라 칼리스타 부인께 한 가지 청할 것이 있어서 이렇게 서신을 보냅니다.

　　솔직히 고백하자면 부인의 아들인 칼리스타 백작을 그동안 눈여겨 봐왔습니다. 젊은 나이에 여러 방면으로 두각을 나타내는 백작의 재능이 흥미로운 한편 탐이 나더군요.

　　그런 아들을 두신 부인께서 얼마나 자랑스러울지 가히 상상이 됩니다.

　　해서 말씀 드리는데, 저의 장녀인 레베카와 칼리스타 백작을 서로의 짝으로 맺어주면 어떠하겠습니까?

　　감히 말씀드리자면, 제 딸 레베카도 칼리스타 백작만큼이나 어디 가서 빠지는 신붓감은 아니라고 자부합니다. 팔불출이라고 오해를 살 수도 있으니 딸 자랑은 그만 하지요.

　　저는 그저 칼리스타 부인의 혜안과 판단력을 믿을 뿐입니다.

　　레베카와 칼리스타 백작이 맺어진다면 두 가문의 큰 경사가 될 것이고, 양가가 번창하는 데에도 많은 보탬이 될 것입니다.

　　부디 좋은 답변이 있기를 기다리겠습니다.


　　　　　　　　　　　　　　　　　　스웨르겐 백작.

오웬은 멍하니 서찰을 손에서 내려놓았다. 이런 건 생각지도 못했다.

　스웨르겐 백작이 보낸 것은 다름 아니라 그의 딸과 리안을 혼인시키자는 '혼인첩'이었던 것이다.

　몰래 의중을 떠보는 것도 아니었다. 백작은 정식으로 혼인을 청하고 있었다.

　타운젠드 공작의 손녀딸과 황제의 처남인 리안이 결혼을 한다?

　오웬은 혼란스러웠다.

*　　　*　　　*

　리안은 중요한 만남을 뒤로 미루고 서둘러 저택으로 귀가했다. 자신을 급히 찾는다는 오웬의 전갈을 받았기 때문이다.

　매우 불안해 보이셨다는 하인의 말도 그렇고, 지금까지 이러신 적이 한 번도 없었기에 리안은 다소 놀란 상태였다.

　"어머니."

　리안이 하인의 안내를 받아 간 곳은 응접실이었다. 오웬은 혼인첩을 받았던 그곳에서 한 발자국도 움직이지 않고 서찰을 읽고 또 읽고 있었다. 달라진 점이라면 이른 아침의 방문객이 사라지고 없다는 것 정도였다.

　"리안!"

기다렸던 아들의 음성에 오웬이 벌떡 일어나 리안에게로 달려갔다.

"어머니, 무슨 일이세요? 어디가 편찮으세요?"

오웬의 표정이 생각보다 심각해 보이자 리안은 과거의 기억이 떠오르며 저절로 얼굴이 굳었다. 아픈 어머니의 모습을, 그는 다시는 보고 싶지 않았다.

그런 아들의 심정을 아는 듯, 오웬이 재빨리 고개를 저으며 서찰을 내밀었다.

"아니, 나는 괜찮다. 널 부른 이유는 이것 때문이란다."

리안의 두 눈이 가늘어졌다. 그의 시선이 오웬이 들고 있는 서찰에서 탁자 위에 놓인 커다란 봉투로, 그리고 다시 붉은색 천으로 이어졌다.

찰나 동안 여러 가지 생각이 리안의 머릿속을 오갔다. 그가 아무런 말없이 오웬에게서 서찰을 넘겨받았다.

"……"

침묵 속에서 리안의 검은 눈동자만이 아래를 향해 조금씩 움직였다.

그러길 얼마나 지났을까.

리안의 입에서 덤덤한 말투가 흘러나왔다.

"혼인첩이군요."

"그래, 보다시피 스웨르겐 백작이 보내왔다. 리안, 혹시 너도 레지나처럼 남몰래……."

"레베카 양을 마음에 두고 있냐고 물으시는 거라면 아닙니다. 어머니께는 죄송한 말씀이지만 저는 아직 그런 쪽으로는 관심이 없어요."

확고한 아들의 대답에 오웬은 그제야 안도의 한숨을 내쉬며 소파로 가 몸을 앉혔다.

리안이 아내를 맞아 하루라도 빨리 이세를 낳는 것이 오웬이 바라는 일이기는 했다. 하지만 그 상대가 레베카라면 다르다.

황제와 반목 중인 공작의 손녀딸과 리안이 어찌 혼인을 한단 말인가?

리안은 황제의 처남이자 황후의 오라비였다. 도대체 무슨 의도로 스웨르겐 백작이 이런 것을 보내왔는지 오웬은 불길하고 두려웠다.

"리안, 어느 가문이든 혼인첩을 보내기 전에는 먼저 상대에게 의중을 묻는 것이 관례란다. 근래 많은 파티와 모임에 참석했지만 내게는 한 번도 그런 일이 없었다. 혹시 네게는 무슨 언질이 있었던 거니?"

"아니요, 없었습니다."

"잘 생각해 보렴. 혼인첩을 보냈다가 거절을 당하는 건 귀족들에게 크나큰 수치다. 더욱이 그 당사자가 여자라면 더 하지. 무턱대고 이런 걸 보내는 귀족은 없어."

"어머니, 생각해 보고 말 것도 없어요. 스웨르겐 백작과 레베카 양을 만나 이야기를 나눈 적은 있지만, 혼인에 대한 얘기는 아예 거론한 적이 없습니다. 만약 있었다고 해도 저라면 그 자리에서 깨끗하게 거절했을 겁니다."

"혹시 네가 그들의 말을 잘못 알아듣고 허락의 뜻을 내비쳤을 수도 있지 않겠니?"

오웬의 염려 섞인 말투에 리안은 조금 화가 나려고 했다. 어머니께서 건강을 되찾으신 지 고작 2년 남짓이다. 그런 어머니에게 리안은 되도록이면 걱정을 끼쳐드리지 않기 위해 그동안 많은 애를 써왔다.

그런데 그걸 말도 안 되는 혼인첩이 망치고 있으니, 스웨르겐 백작은 물론 그의 딸에게도 짜증이 치솟는다.

'레베카……'

리안은 불현듯 예전 그녀가 성을 방문했을 때, 엘이 했던 말이 생각났다.

"이런 말씀을 드려도 되는지 모르겠지만, 레베카 양은
백작님에게 관심이 있는 눈치입니다."

그때는 별달리 신경 쓸 말이 아니라고 여기고 간과했는데 이제 보니 자신의 오판이었던 것 같다.

듣기로, 그녀는 할아버지인 타운젠드 공작도 못 말릴 정도로 고집쟁이라고 했다. 분명 그녀가 원하지 않았다면 혼인첩 같은 건 보내지 않았을 것이다.

다시 말해, 이 혼인첩은 그녀의 허락 하에 이곳에 도착한 것이었다.

'타운젠드 공작은 과연 허락을 했을까?'

리안은 문득 의문이 들었다. 그러다 피식 실소를 머금었다. 생각해볼 필요조차 없었기 때문이다.

레베카가 공작의 허락도 없이 멋대로 일을 벌였다는 것에 리안은 전 재산을 걸 수도 있었다. 황제의 선전 포고가 있던 그날, 자신을 향한 타운젠드 공작의 눈빛에는 진득한 살기가 묻어 있었다.

예전이라면 모를까.

지금의 공작은 절대로 자신을 받아들이지 않을 터였다.

"리안, 왜 말이 없니?"

생각에 잠긴 아들을 오웬이 불안한 눈초리로 쳐다봤다. 자신의 말처럼 정말로 그런 오해가 있는 거면 어쩌나 걱정하는 얼굴이었다.

리안은 어머니를 위해 미소를 지으려고 애쓰며 말했다.

"어머니, 그런 일 없어요. 그러니 안심하세요. 그쪽에서 그런 의향을 내비쳤다면 제가 몰랐을 리가 없습니다. 저 그렇게 둔하지 않아요."

"그럼 정말로 그쪽에서 다짜고짜 혼인첩을 보냈다는 거니?"

"아마도요."

"아니, 어떻게 이런 중대한 걸 자기들 마음대로……."

오웬은 기가 막혀 말도 나오지 않았다. 이건 마치 '통보' 같지 않은가. 우리 딸이 당신 아들과 결혼을 해야겠으니 잠자코 따르라는 그런 통보 말이다.

서찰의 내용도 그랬다. 말투는 정중할지 모르나, 그 속에는 당연히 이쪽에서 청혼을 받아들일 거라는 전제가 다분히 깔려 있었다.

남들은 당당하고 자부심이 넘친다고 생각할 수도 있겠지만 오웬은 조금 달랐다.

위에서 아래를 내려다보는 듯한 시선.

오웬은 서찰에서 그것을 느꼈다. 그리고 그건 리안도 마찬가지였다.

"제가 이 청혼을 마땅히 받아들일 줄 알았던 모양입니다. 그래도 그녀는 조금 다를 줄 알았는데 말이죠."

레베카와 많은 대화를 나눠본 건 아니지만, 리안은 그녀를 공작과는 다른 사람으로 보고 있었다. 하지만 그건 자신의 착각이었나 보다.

"아무튼 어머니께선 걱정하지 마세요. 이건 제가 알아서 하겠습니다."

"거절하려는 거니?"

당연한 것을 물으면서도 오웬은 가슴이 떨렸다. 상대가 상대이니만큼 겁이 났다.

"어머니. 전 아직 혼인을 할 생각도 없지만, 만일 한다고 해도 그 상대가 레베카 양은 아닐 거예요. 폐하와 레지나에게 누가 되는 행동은 하고 싶지 않습니다."

"리안, 그건 옳지 못한 말이다. 상대가 누구든, 설사 그것이 레베카 양이라고 해도 네 마음이 그렇다면 난 반대하지 않을 것이다. 그건 네 동생도 물론 그럴 것이고."

"네, 알아요. 전 그냥 그렇다는 말씀을 드리는 거예요. 그리고 누누이 말씀드리지만 전 아직은 정말로 관심이 없어요, 어머니."

대체 어떻게 말을 해야 믿고 기다려 주실까. 잊을 만하면 찾아오는 이 순간이 리안은 무척 답답하고 싫었다.

"그래, 알겠다. 이 얘기는 다음에 다시 하자꾸나. 하필 시국이 이럴 때에 이게 대체 무슨 일인지……."

오웬도 더 이상 생각하고 싶지 않은 듯 리안에게서 눈을 떼며 소파에 몸을 기댔다. 그런 그녀의 안색이 갈수록 어두운 것같아 리안은 마음이 무거웠다.

어머니의 말씀처럼 현 제국은 황제와 공작들의 기싸움으로 인해 어수선한 상태였다. 연이은 밤샘 회의가 대전에서 하루가 멀다 하며 벌어지고 있었다.

황제는 물론이고 두 공작 측에서도 조금도 물러서지 않는 바람에 해결은커녕 분위기가 점점 더 험악해지는 추세였다.

"폐하께서 알아서 잘 하실 테니 그쪽도 너무 신경 쓰지 마세요. 건강 해치실까봐 저어됩니다."

"요즘 모임에 나가면 순 대전에서 나온 얘기들밖에는 하지 않더구나. 이러다 정말 무슨 일이라도 나는 거 아니냐며 다들 걱정이 이만저만이 아니란다."

"그럼 어머니께서 분위기를 바꿔보시는 건 어떨까요?"

"내가?"

"네, 폐하의 강경한 의지에 공작들이 좀 놀랐을 뿐 곧 안정을 되찾을 거라고요."

"정말 그렇게 되는 거니?"

"그럼요. 협상을 통해 어느 정도 조정은 되겠지만 이번에는 공작들이 질 수밖에 없어요. 대책을 마련할 시간적 여유도 부족한 데다, 돌아가는 정세가 그래요. 아리아드나 왕국과 플라헤티 왕국이 통합되기라도 하면 전처럼 제국을 위협해 올 게 뻔합니다. 폐하께는 명분이 있어요."

"명분만으로 공작들을 이길 수 있겠니?"

"어머니, 폐하는 이제 예전의 폐하가 아니세요. 지지하는 귀족의 세력도 전과는 비교할 수 없을 만큼 늘어났고, 그 힘을 받아선지 대신들을 주무르는 솜씨가 대단하세요. 걱정하실 필요 없습니다."

'게다가 이쪽에는 차이가 있어요.'

오웬에게는 말하지 못했지만 차이의 존재는 이번 일에 가장 큰 변수로 작용할 것이다. 공작들의 첫 패배는 이미 결정된 사항이나 다름없었다.

"리안, 네 말대로 된다면 얼마나 좋겠니. 아무래도 난 내일 레지나를 보러 가야겠다."

세상 누구보다 걱정하고 있을 딸을 떠올리니 오웬은 마음이 심란했다. 의지할 사람 하나 없이 홀로 궁에서 근심하고 있을 딸에게 자신이라도 가서 위로가 되고 싶었다.

"그러도록 하세요. 레지나도 어머니의 방문을 반가워할 거예요."

"너도 같이 가겠니?"

"아니요, 저는 다녀온 지 얼마 되지도 않았고, 폐하를 대신해서 만나볼 사람들이 있어요. 아무 일 없을 테니 마음 편히 가지라고 레지나에게 전해 주세요."

"그래, 알았다. 그럼 이따 저녁에 보자꾸나."

"네, 어머니. 쉬세요."

힘없이 미소 짓는 오웬의 볼에 인사를 남기고 리안은 조용히 응접실을 빠져나왔다. 밖에는 여느 때처럼 차이가 기다리고 있었다.

예상했던 대로 그의 표정은 그리 좋지 못했다. 리안은 일부러 밝은 음색으로 말을 꺼냈다.

"다 들었지?"

"네."

"차이는 어떻게 생각해? 이거 받아들여야 할까?"

리안이 한손에 든 혼인첩을 위로 들어보였다. 차이의 불쾌한 시선이 그곳에 가 멈췄다.

"거절하기로 결정하신 거 아니었습니까?"

"응, 맞아."

"그런데 왜……?"

"차이는 나보다 훨씬 오랜 세월을 살아왔잖아. 그래서 물어보는 거야. 내 결정이 너무 경솔한 건 아닌지."

오웬에게는 걱정하지 말라며 큰소리를 치긴 했지만, 사실리안도 걱정이 안 되는 건 아니었다. 혼인첩을 거절하게 되면 그에 따라오는 파장이 만만치 않을 것이기 때문이다.

사람들은 두고두고 이 얘기를 꺼낼 것이고 스웨르겐 백작가는 심한 수치심을 느낄 것이다.

손녀딸을 유난히 아끼는 공작이니 그가 허락을 했든 안 했든 그의 분노도 무시 못 할 것이다. 알게 모르게 보복이 뒤따르리라.

물론 보복 따위가 두렵지는 않았다. 그런 게 두려웠다면 애초부터 여러 일을 벌이지도 않았을 것이다.

다만 자신의 거절로 인해 혹여 주변 사람들이 피해를 보지는 않을지, 리안은 그것이 못내 염려스러웠다.

"……."

리안은 아무 말 안 했지만 차이는 알 것 같았다. 자신의 주인이 무엇을 고민하는지.

항상 남을 먼저 생각하는 게 리안의 성격이라는 걸 아는 차이지만, 탐탁지 않은 기분이 드는 건 오늘도 어쩔 수 없었다. 그에게 중요한 건 남이 아닌 리안이기에.

차이가 무뚝뚝한 음성으로 자신의 의견을 말했다.

"리안 님께서 타운젠드 공작의 손녀딸과 혼인을 한다면 그거야말로 경솔한 행동이라고 생각합니다."

"그런가?"

"네, 언젠가 그러지 않으셨습니까. 영지민들 전체가 행복한 삶을 살았으면 좋겠다고. 그러기 위해서는 리안 님의 행복이 우선이 되어야 하지 않을까요?"

"……!"

"행복한 사람만이 행복한 세상을 만들 수 있다고 아버지께서 말씀하셨습니다."

"행복한 사람이 행복한 세상을 만든다……."

리안은 차이의 그 말을 멍하니 중얼거렸다.

그래, 왜 생각하지 못했을까?

자신이 행복하지 않다면 다른 사람도 행복하게 해줄 수 없다. 불행한 사람이 어떻게 남의 행복을 알아본단 말인가. 그것은 아주 간단한 이치였다.

혼인첩을 받아들일 마음이 조금이라도 있었던 건 아니지만 리안은 꽤 홀가분해졌다. 차이의 말은 그에게 확실한 이유를 심어주었다.

자신이 목표했던 대로 살기 좋은 세상을 만들기 위해서라도 혼인첩은 받아들일 수 없었다.

"차이의 아버님은 참 멋진 분이었을 것 같아."

"네?"

"그거 모르지? 차이가 아버지 얘기를 얼마나 많이 하는지."

"······제가 그랬습니까?"

"응, '아버지께 배웠습니다', '아버지께 들었습니다', 이거 차이가 잘하는 말이잖아."

리안이 말투를 흉내 내자 차이가 고개를 숙이며 시선을 내리깔았다. 그것이 부끄러움의 표시라는 걸 아는 리안은 미소를 지으며 씩씩하게 말했다.

"어쨌든 고마워. 차이 덕분에 마음이 편해졌어. 나도 행복한 사람이 되어야지."

"리안 님이 행복하시면 저도 행복합니다."

"그렇게 말할 줄 알았어."

예상을 벗어나지 않는 차이의 대답에 리안은 웃음을 터뜨렸다. 누군가 급히 달려오는 소리가 들린 것은 그때였다.

리안과 차이의 고개가 동시에 돌아갔다.

"아사?"

복도의 저 끝에서 긴 금발을 휘날리며 뛰어오는 것은 아사였다. 녀석의 뒤를 보니 류지와 미하의 모습도 보였다.

"이제 돌아온 모양이네."

"네······."

아사가 가까워질수록 차이의 눈매가 가늘어졌다. 그건 리안
도 다르지 않았다.

"아사, 무슨 일이야!"

녀석의 얼굴이 온통 눈물로 범벅이 되어 있었다. 크고 또랑
또랑하던 두 눈에는 습기가 가득했고 표정 또한 고통스럽게
일그러져 있었다.

리안은 깜짝 놀라 마주 오는 아사에게로 달려갔다.

"리아아아안!"

아사가 리안의 품으로 뛰어들었다. 충격으로 뒤로 밀리는
리안의 몸을 차이가 부드럽게 받았다.

"아사, 왜 그래? 뭐 때문에 울어?"

다가온 류지와 미하를 보니 그들의 얼굴도 심각하기는 매한
가지였다. 리안의 가슴에 한 가닥 불안감이 피었다.

"무슨 일인지는 모르겠지만 괜찮아. 아사, 다 잘 될 거야.
내가 있잖아. 안심해."

리안은 두 손으로 아사의 등을 계속 쓰다듬었다. 그 노력 덕
분인지 심하게 오르락내리락하던 숨이 잦아들며 아사가 천천
히 리안을 향해 고개를 들었다.

"리안……."

"응, 말해. 무슨 일이야?"

"아무래도 나…… 돌아가야 할 것 같아."

"뭐?"

리안의 눈이 크게 벌어졌다.

돌아가야 한다니? 어딜 말인가? 설마 그 위험한 형이 도사리고 있는 묘인족의 왕국으로?

"어머니가 쓰러지셨어. 장자인 내가 꼭 유언을 들어야 해."

"하지만 거긴……."

"알아. 날 죽이려는 형이 기다리고 있지. 그래도 가야해. 부모의 임종을 지키지 못하는 건 묘인족에게 있어서 죽음보다 더 한 수치야."

눈물을 머금은 아사의 눈빛에는 깊은 절망감이 떠올라 있었다. 그런 아사를 보면서도 리안은 한동안 아무 말도 할 수가 없었다.

아사가 떠나야 한다.

오로지 그 사실만이 어지럽게 머릿속을 헤집을 뿐이었다.

제2화

이별

꽈앙!

리안의 집무실 문이 부서질 것처럼 세게 열렸다. 무례한 그 행동의 주인공은 라키아였다. 그가 리안의 맞은편에 앉은 류지와 미하를 무섭게 노려보며 안으로 걸어 들어왔다.

"뭐야, 이거?"

라키아가 손에 쥐고 있던 것을 탁자 위로 던졌다. 꼬깃꼬깃하게 접힌 종이뭉치가 토르르 굴러가 가장자리에서 간신히 멈췄다.

다섯 개의 시선이 그것을 따라 움직였지만 아무도 펴보는 사람은 없었다.

"라키, 일단 앉아."

"내가 지금 가만히 앉아 있게 생겼냐? 야, 되다 만 고양이. 네가 어딜 간다고?"

라키아의 물음에 아사가 숙이고 있던 고개를 들었다. 그런 녀석의 눈빛은 이전과는 확연히 달랐다. 생기 잃은 그 눈 속에서 라키아가 본 것은 비통함이었다.

아사가 대답이 없자 라키아가 이번에는 류지에게 물었다.

"이봐, 노란 눈. 당신이 말해봐. 녀석이 그 사지(死地)로 가야 하는 이유가 뭐야? 아, 참고로 어머니가 쓰러지셨다는 그런 말도 안 되는 핑계는 빼고 말해."

"라키, 핑계가 아니라 사실이야. 류지와 미하가 직접 가서 확인하고 오는 길이야."

"……뭐?"

"그래서 늦은 거야."

리안의 설명에 라키아가 놀란 눈으로 류지와 미하를 돌아봤다.

대전에서 회의가 한창이던 그에게 리안의 쪽지가 도착한 것은 한 시간 전쯤이었다. 쪽지에 쓰여 있는 건 짧은 두 줄의 문장이었다.

　　라키, 아사가 돌아가야 할 것 같아.
　　어머니께서 쓰러지셨대.

중요한 협상이 코앞이었지만 라키아는 와보지 않을 수 없었다. 돌아가면 녀석이 어떻게 된다는 것을 알고 있는데 어찌 모른 척할 수 있단 말인가.

라키아가 기가 막힌 얼굴로 류지에게 다시 물었다.

"사실이야? 정말로 녀석의 어머니가 쓰러지셨어?"

끄덕.

류지가 고개를 천천히 한 번 까닥였다. 그 모습을 멍하니 지켜보던 라키아의 눈빛이 잠시 가늘어졌다.

"설마 너희도 한패는 아니겠지."

"말조심해라, 인간."

한순간 류지에게서 매서운 살기가 쏘아졌다. 라키아가 그 살기를 조용히 받아내며 입꼬리를 올렸다.

"강한 부정은 긍정이라는 말이 있지."

"마지막 경고다."

"그 아신이라는 놈이 시켰나?"

"더 이상의 모욕은 참지 않겠다."

분에 찬 얼굴로 일어서는 류지를 미하가 손을 뻗어 제지했다. 참으라는 뜻이었다.

"라키, 그만해."

리안도 한숨을 내쉬며 라키아를 말렸다. 하지만 류지가 미하의 말에 얌전히 따른 반면, 라키아는 짝다리를 짚으며 비아냥거렸다.

"보아하니 너희들 왕국도 우리만큼이나 지저분한 것 같아서 말이야. 들어는 봤겠지? 배신자의 말로(末路)에 대해서."

"라키!"

리안의 음성이 소란 속에 파묻혔다.

부지불식간에 벌어진 일이었다.

화가 난 류지가 라키아를 향해 달려들었고, 라키아는 방어하고자 허리에서 검을 뽑았다.

리안이 본 것은 거기까지였다. 다음 순간, 약속이라도 한 듯 라키아와 류지의 몸이 동시에 뒤로 날아가 벽으로 처박혔다.

쿠궁!

건장한 사내 둘이 벽과 충돌하니 소음이 꽤 컸다.

"차이……."

리안은 아연한 표정으로 차이를 바라봤다. 방금 전까지만 해도 옆에 앉아있던 차이가 어느새 쓰러진 라키아와 류지 앞에 가 있었던 것이다. 리안은 그가 언제 어떻게 움직였는지조차 감지하지 못했다.

"갑자기 이게 무슨 짓입니까!"

등과 허리에서 느껴지는 통증을 애써 무시하며 라키아가 소리쳤다.

"으드득."

류지도 화가 많이 난 듯 손톱을 날카롭게 세우며 이를 갈았다(묘인족은 전투 시 손톱과 발톱이 길어진다).

그런 그들을 향해 차이는 조용히 한마디를 하고 돌아섰다.

"싸울 거면 밖에 나가서 싸우도록."

맥이 빠진다는 게 바로 이런 경우일까. 너무도 아무렇지도 않게 돌아서는 차이의 뒷모습을 보며 라키아와 류지는 말을 잃었다.

방심을 했다고는 하나, 한 사람에 의해 둘이 나가떨어졌다는 것에 자존심이 상하기도 했다. 상대의 강함을 진작부터 알고 있었지만 몰려오는 상실감과 허탈감은 어쩔 수가 없었다. 싸울 맛도 뚝 떨어졌다.

"젠장."

라키아가 투덜거리며 검을 집어넣었고, 류지 또한 손톱을 원상태로 돌리며 자리로 돌아가 앉았다.

리안은 약간 얼떨떨했지만 사태를 진정시켜준 차이를 향해 고맙단 눈빛을 보내는 것을 잊지 않았다.

"저희 말을 믿든 안 믿든 그건 라키아 님의 자유입니다. 하지만 모욕적인 언사는 삼가해 주십시오. 듣기 거북합니다."

이제껏 조용하던 미하가 입을 뗀 것은 그로부터 시간이 조금 흐른 뒤였다. 그가 특유의 차분한 말투와 곧은 시선으로 라키아를 보며 말했다.

"그래, 라키. 사과드려. 너무 성급했어."

리안도 거들고 나서자 라키아의 얼굴에 실소가 번졌다.

"실수를 했다면 당연히 사과는 해야지. 하지만 난 아직 의심을 거둔 게 아니야, 리안."

"라키."

"상황이 웃기잖아! 멀쩡하던 어머니가 갑자기 아프시다니? 리안, 넌 그게 말이 된다고 생각해?"

"류지와 미하도 라키처럼 믿을 수가 없어서 직접 확인하고 오는 길이야. 그리고 아사의 어머니는 원래부터 몸이 좋지 않으셨어."

"그게 정말이야?"

미처 몰랐던 사실에 라키아의 어깨가 흠칫 굳었다.

"응, 나도 조금 전에 들었어. 원래 약하신 편이라고. 그래서 사혼기(死魂期)가 빨리 찾아오셨대."

"사혼기? 그게 뭔데?"

"묘인족은 스스로 죽을 때를 안다고 해. 그걸 사혼기가 찾아왔다고 말하는데, 사혼기가 되면 주변을 정리하고 자신이 태어났던 곳으로 떠나야 하나봐."

"그거, 치료 마법으로는 고칠 수 없는 거야?"

"라키, 주어진 수명은 당연히 마법으로도 어쩔 수 없어. 묘인족에게 사혼기란 태어날 때부터 정해진 운명 같은 거야."

설명하는 리안의 말투에는 안타까움이 서려 있었다. 묘인족인 아사는 어머니의 사혼기를 제법 담담하게 받아들이는 듯했지만, 인간인 리안에게 그건 그리 쉬운 일이 아니었다.

"부모의 임종을 지키지 못하는 건 묘인족에게 죽음보다 더

한 수치라고 해. 더욱이 아사는 장자라서 꼭 가야 한대."

라키아의 동공이 크게 흔들렸다. 그런 그의 눈빛이 물었다.
그럼 이제 어떻게 해야 하느냐고.

'정말 녀석을 보내야 해? 그 위험한 곳으로?'

걱정스런 그 물음에 리안은 답을 할 수가 없었다. 혼란스
러운 건 그도 마찬가지였기에.

"세력 비율이 어떻게 되지?"

침묵을 깬 것은 차이였다.

"······?"

갑작스런 그의 질문에 미하가 의아한 표정을 지었다.

"아신이란 자와 아사의 세력 말이다. 그때 샤하의 핏줄이
둘이라고 하지 않았나?"

"맞습니다."

"그렇다면 녀석을 따르는 무리가 있을 것 아닌가. 아무리
계승권이 없는 서자라고 해도 샤하의 아들이니 모시는 자들이
있을 테지. 자네 둘처럼."

"······저희를 믿으시는 겁니까?"

리안은 그렇다 치더라도 차이가 아무런 의심 없이 자신들을
믿는 것은 다소 뜻밖이었다.

인간은 본디 의심부터 하는 존재라고 하질 않던가. 방금 전
라키아 또한 그러했다.

차이의 차가운 검은 눈동자가 미하의 얼굴을 훑었다. 그 소

름끼치는 시선에 미하는 주먹을 그러쥐었다.

"진실과 거짓을 구별해낼 줄 아는 능력 정도는 내게도 있다."

'아!'

블랙 드래곤의 각인.

그 순간 리안의 머릿속이 밝아졌다. 그간 잊고 있었다. 차이가 진실을 보는 눈을 가졌음을. 당연한 것이지만 류지와 미하는 거짓을 말하는 것이 아니었다.

"다시 묻지. 어머니의 임종을 지킬 때까지 자네들 힘으로 녀석을 지켜낼 수 있는가?"

"……지켜낼 겁니다."

"대답이 늦군."

그 한마디로 차이는 사태를 짐작했다. 그의 눈이 무겁게 가라앉을 때, 리안이 말했다.

"저, 차이……."

"네."

"혹시 말이야. 차이가 같이 가주면 안 될까?"

"그럴 수 없습니다."

이미 예상했던 물음. 차이는 조금의 망설임도 없이 고개를 저었다.

"차이도 알다시피 나나·라키는 지금 자리를 비울 수 있는 상태가 아니잖아. 차이가 나 대신 아사와 함께 가준다면 안심이 될 것 같은데."

"저는 리안 님의 호위기사입니다. 리안 님에게서 절대로 떨어질 수 없습니다."

"여긴 라키가 있잖아. 그리고 난 그렇게 약하지 않아."

"공작들이 무슨 짓을 할지도 모르는 이때 리안 님 곁을 떠날 수는 없습니다."

"차이, 난 괜찮다니까. 부탁할게. 응?"

"그런 부탁이라면 들어드릴 수 없습니다. 죄송합니다."

차이는 어느 때보다 단호했다.

"하아."

그 한결같은 태도에 리안은 말문이 막혔다. 서운함이 드는 것도 사실이다. 하지만 자신을 생각하는 차이의 마음을 알기에 더 이상 종용할 수는 없었다.

본심은 직접 가고 싶었다. 그러나 지금은 그럴 수가 없다. 황제가 두 공작을 향해 처음으로 반기를 든 이 시점에 자신이나 라키아가 없다면 모든 것이 수포로 돌아갈지도 모른다. 안타깝지만 지금은 자리를 지켜야 했다.

"대신 제 수하를 딸려 보내겠습니다."

그런 리안이 안 되어 보인 걸까. 고민하던 차이가 해결책을 제시했다.

"차이의 수하?"

"네, 라파스라고, 믿을 수 있는 녀석입니다. 녀석이라면 충분히 아사를 지켜낼 수 있을 겁니다."

자신하는 차이의 말투에 리안의 얼굴이 활짝 피었다. 차이의 추천이라면 안 봐도 왠지 믿음이 간다. 아무도 따라갈 수 없는 지금의 상황에서 차이의 수하는 어둠 속에 비친 한 줄기 햇살이었다.

"아사, 들었지? 차이가 널 돕겠대. 정말 잘 됐어!"

리안은 손뼉까지 치며 기뻐했다. 하지만 좋아하기에는 아직 일렀다. 아사의 표정이 일그러지는가 싶더니 녀석이 차갑게 내뱉었다.

"난 됐어."

"아사, 그게 무슨 말이야. 됐다니!"

"말꼬랑지의 도움 따위는 필요 없다는 말이야. 난 류지로 충분해. 류지가 날 지켜줄 거야."

류지가 강하다는 건 리안도 물론 알고 있다. 하지만 그 혼자서는 아사를 지켜낼 수 없다고 미하가 말했었다. 아무리 류지가 묘인족 최강의 전사라지만, 아신에게는 수많은 부하가 있고, 그들 모두를 처리할 수는 없기 때문이다.

아사 또한 그것을 모르지는 않을 터. 리안은 녀석의 반응을 이해할 수가 없었다.

"쯧쯧, 저놈의 질투는 때와 장소를 못 가리지."

"뭐야?"

라키아가 나선 것은 그때였다. 그가 혀를 차며 고개를 젓자 아사가 눈에 쌍심지를 켰다.

"너 지금 후작님의 수하라서 거절하는 거잖아. 되다 만 고양이, 너 진짜 바보 아냐?"

"야, 흰머리! 내가 왜 바보야!"

"잘난 자존심 하나 지켜내겠다고 목숨까지 거는 네가 바보가 아니면 그럼 뭐냐?"

"......!"

"잘 생각해라. 죽으면 여기로 다시는 돌아오지 못하고 리안도 못 보게 될 테니까. 이래도 죽고 싶냐?"

"......"

"그리고 네 녀석이 잊고 있나 본데, 이곳엔 리안만 있는 게 아니야. 너, 에나벨과도 제법 친하지? 시집 간 레지나도 그렇고. 성에 있는 알만이랑 매들린은? 듣자하니 요새 비앙카의 뒤를 졸졸 따라다닌다며? 그 사람들 전부 못 봐도 돼?"

라키아의 말이 설득력이 있는지 아사의 커다란 호박색 눈이 갈등으로 흔들리는 것이 보였다. 그러던 녀석의 눈이 라키아의 다음 말에 순간적으로 굳었다.

"그리고 나도 여기 있어."

라키아의 진지한 눈빛이 아사를 향해 쏘아졌다. 낯선 그 눈빛에서 아사는 자신을 향한 염려를 읽은 것 같아 당황스러웠다.

생각 같아선 오래도록 바라보며 진위를 확인하고 싶었지만 아쉽게도 그건 아주 잠시였다.

"물론 되다 만 고양이 따위가 사라진다고 해서 내가 눈 하나 깜짝하지는 않겠지. 근데 조금은 심심할 것 같거든. 네 녀석이 없으면 누굴 놀려먹고 사냐?"

……그럼 그렇지.

아사의 눈에서 오랜만에 불꽃이 다시 일었다. 아사가 라키아를 향해 목소리를 높이려는 찰나, 라키아의 말투가 갑자기 진중하게 변했다.

"혹시 또 아냐? 네 녀석이 살아 돌아오면 내가 반은 인간 취급을 해줄지. 지지 마라…… 아사."

"……!"

아사도 놀랐고, 리안도 놀랐다. 지금껏 되다 만 고양이라고만 부르던 라키아가 처음으로 '아사'라고 불렀다.

아니, 두 번째던가?

강당이 무너지던 날 그렇게 불린 것 같기는 하다. 하지만 그때는 다급한 상황에 벌어진 일이라 깊게 생각할 틈이 없었다.

그리고 그건 오늘도 마찬가지였다. 라키아의 진심어린 말에 아사는 할 말을 잃고 멍하니 그를 바라봤다.

*      *      *

아사가 떠나는 날은 이틀 뒤로 결정이 났다. 어머니를 위해서라면 하루라도 빨리 출발을 서둘러야 했지만, 차이의 수하가 도착하기까지는 시간이 필요했고 준비할 것도 있었다.

"아사, 이리 와."

이번에 가면 언제 다시 볼지 모르기에 리안은 그 이틀의 시간을 모두 아사에게 할애했다. 하지만 어쩐 일인지, 리안만 보면 달라붙기 바쁘던 아사가 이상할 정도로 가까이 다가오지를 않았다.

같은 공간에 머물기는 하지만 왠지 거리를 둔다고 할까. 오늘도 녀석은 창가에 홀로 앉아 기운 없이 밖을 내다보고 있었다.

축 늘어진 양쪽 귀하며 간간이 세차게 움직이는 꼬리가 녀석의 불안한 심리를 대변하는 것 같아 리안은 마음이 좋지 않았다.

"아사, 괜찮을 거야. 기운 내."

리안은 아사에게로 걸어가 녀석의 머리를 다정하게 쓰다듬었다. 언제나 매끄럽고 보드라웠던 털의 감촉이 그간의 스트레스 때문인지 많이 거칠어져 있었다. 그것이 또 안타까워 리안은 낯빛을 흐렸다.

"리안."

그렇게 얼마나 흘렀을까. 창밖으로 시선을 고정한 채 아사가 리안을 불렀다.

"응, 아사."

"난 있잖아. 리안처럼 인간이 되고 싶었어."

"인간이 되고…… 싶었다고?"

아사의 갑작스런 고백에 리안의 입술이 벌어졌다. 묘인족인 아사가 그런 생각을 품고 있을 줄은 전혀 몰랐던 것이다.

"리안은 내가 힘들 때 가장 큰 위로가 되어 준 사람이야. 그날 산맥에서 날 살려준 것과는 별개로 말이야. 리안 때문에 난 정말 즐거웠어."

"아사……."

왠지 그렇게 말하는 아사의 음성이 너무 슬퍼서 리안은 가슴이 먹먹해졌다.

"내가 특별히 뭔가를 하지 않아도 리안은 언제나 날 보며 웃어 주었어. 아마 그래서였던 것 같아. 리안과 함께 있으면 내가 쓸모없는 존재란 생각이 들지 않은 게."

"그런 말이 어디 있어. 네가 쓸모없는 존재라니!"

리안이 소리치자 아사가 처음으로 눈을 들어 시선을 마주했다. 그런 녀석의 눈에는 씁쓸함이 배어 있었다.

"내가 살던 곳에선 모두가 날 그렇게 취급했어."

"……!"

"샤하의 핏줄임에도 난 뭐 하나 제대로 하는 게 없었거든. 머리도 나빴지만 공부에는 원래 취미도 없었고, 전투에도 별 소질이 없었어. 난 만날 사고만 치는 골칫덩이였지. 샤하의 자식 중 나 같은 경우는 처음이라고 다들 수군거렸어."

그때의 기억이 떠올라 괴로운 듯 아사가 눈을 한 번 감았다 떴다.

"그런데 한 사람만은 다르더라고. 어머니조차 멀리하던 나를 괜찮다며, 그럴 수도 있는 거라며 따듯하게 감싸줬어. 리안, 그게 누군지 알아?"

'어머니조차 멀리했다고?'

리안은 그 사실이 가장 놀라웠지만 아사의 질문으로 인해 물어볼 타이밍을 놓쳤다.

"⋯⋯형이야."

"형? 설마 널 죽이려고 하는 그 아신이란 자를 말하는 거야?"

"응, 나에게 형은 아신뿐이야."

"⋯⋯."

리안은 그제야 아사의 말이 이해가 갔다. 다짜고짜 인간이 되고 싶었다는 아사. 녀석은 자신의 태생을 바꾸고 싶을 정도로 상처가 컸던 것이다.

유일한 안식처가 되어 주던 존재가 하루아침에 죽이려고 들었으니 충격과 배신감이 얼마나 컸을까. 그 뒤로 찾아온 것은 아마도 견딜 수 없는 아픔이었으리라.

이따금 녀석의 뒷모습이 애잔해 보였던 이유가 이것 때문이었나 보다. 이제껏 고통을 묻어두고 홀로 괴로워했을 아사가 리안은 가엽고 애처로웠다.

"산맥에서 죽어가면서 그런 생각을 했었어. 그래, 이렇게 죽는 게 나을 거야. 살면 뭐해. 형이 죽어 달라잖아. 부탁이라고 하니 죽어 주자."

"아사, 그만해."

리안은 자조 섞인 말 같은 건 듣고 싶지 않았다. 하지만 아사는 멈추지 않았다.

"구차하게 살 필요 없어. 내가 가장 사랑하던 형이 바라는 일이잖아. 죽자. 죽어. 슬퍼할 이도 없는 이런 세상, 미련 따위 그만 버려 버리자."

"슬퍼할 이가 왜 없어! 류지와 미하에게도 아사 넌 소중한 존재야. 그리고 이제는 내가 있잖아!"

어디 자신뿐인가.

라키아도 있고 차이도 있다. 어머니와 레지나는 물론, 엘과 제프, 알만과 매들린, 비앙카, 진 등. 전부 다 거론할 수도 없을 만큼 아사를 좋아하는 이들이 줄을 잇는다.

'그러니 아사, 더 이상 외로워하지 않아도 돼.'

리안은 그렇게 덧붙이고 싶었지만 왠지 목이 메어 말할 수가 없었다. 숨을 쉬는 것조차 버겁게 느껴졌다.

그 마음을 읽기라도 한 듯 아사가 그제야 얼굴을 펴며 희미한 웃음을 보였다.

"그래, 알아. 나에게 이젠 리안과 친구들이 있지."

그래서 떠나기가 더 힘들다는 말을 아사는 하지 않았다. 작별만이 남은 지금, 더 이상의 걱정거리를 리안에게 심어주고 싶지 않았기 때문이다.

다시는 돌아올 수 없을지도 모른다.

하지만 아사는 리안을 위해 힘껏 미소를 지었다. 그가 아니었다면 견뎌내지 못했을 것이다. 지난 2년 동안 아사는 지나칠 정도로 행복했다.

"고마웠어, 리안."

해맑게 웃고 있지만 아사는 떨고 있었다. 리안은 아사의 작은 몸을 꼭 안아주었다. 야속하게도, 이별의 시간은 점점 다가오고 있었다.

*      *      *

"라파스라고 합니다."

아사의 출발이 정해진 아침, 차이가 수하를 대동하고 리안의 집무실을 찾았다. 떠나기 전에 서로를 소개하고 마지막 인사도 나눌 겸 모두가 한자리에 모였다.

라파스는 적당한 키에 다부진 체격을 가진 젊은 사내였다. 차이의 수하라는 걸 확인이라도 시켜주고 싶었는지, 그는 차이처럼 한쪽 눈동자를 긴 앞머리로 가리고 이마에는 회색 두건을 두르고 있었다.

물론 이유까지 같은 건 아니었다. 가려진 탓에 잘 보이진 않았지만 언뜻언뜻 흉터 같은 것이 보였다.

신비한 보라색 눈동자에, 낮은 음성에서는 힘이 느껴졌고, 선한 인상은 왠지 신뢰가 갔다. 리안은 한눈에 라파스가 마음에 들었다.

"칼리스타 백작입니다. 만나서 반가워요."

"저야말로 뵙게 되어 영광입니다."

라파스의 정중한 태도는 어딘지 차이와 매우 흡사한 분위기를 풍겼다. 겉모습은 확연히 달랐지만 몸가짐이나 말투 등이 상당히 비슷했다.

"여긴 아사예요. 차이에게 이미 들으셨겠지만 라파스 씨께서 호위해야 할 대상이 바로 이쪽입니다. 부디 아사를 잘 부탁드려요."

"최선을 다해 모시겠습니다."

"아사."

리안이 눈짓하자 아사가 라파스를 향해 성의껏 고개를 숙였다.

"잘 부탁합니다."

처음 보는 인간에게, 그것도 말꼬랑지의 부하에게 목숨을 맡긴다는 것이 자존심 상했지만, 이렇게 해야 조금이라도 살 수 있는 확률이 는다는 것을 아사는 잘 알고 있었다.

"출발하기 전에 점검해야 할 것들이 좀 있습니다. 준비가 끝나시면 나오십시오. 먼저 나가보겠습니다."

긴 여행을 함께해야 하는 사이인 만큼 리안은 잠시 대화라도 나누면서 서로가 친해지기를 바랐다. 하지만 리안이 그런 말을 할 새도 없이 라파스가 인사를 마치자마자 서둘러 자리를 떴다.

무뚝뚝한 성격까지 차이를 똑 빼닮았다고 리안이 느낄 때, 이제껏 조용하던 엘이 미하에게 물었다.

"저, 미하 님께 여쭤볼 것이 있습니다."

"말씀하세요."

"실례지만 아사 님의 호위 세력이 어느 정도인지 알고 싶습니다."

"호위 세력이라면……?"

"설마 여기 류지 님과 미하 님, 그리고 조금 전에 나가신 라파스란 분이 다는 아닐 거라고 믿겠습니다."

아사는 누가 뭐래도 샤하의 피를 이은 아들이었다. 아무리 정치적 입지가 약하다지만 그 셋이 전부는 아닐 것이다.

그녀의 짐작이 맞은 듯 미하가 이해한 얼굴로 고개를 끄덕이며 답했다.

"무슨 염려를 하시는지 알 것 같습니다. 아신 님의 세력에 비할 바는 아니지만 아사 님의 가신도 당연히 있습니다. 왕국으로 들어가기 전에 합류하기로 이미 약속이 되어 있으니 너무 걱정하지 마십시오."

"묘인족은 그들만의 원칙이 있다고 들었습니다. 그것이 어디에서부터 적용되는지도 알고 싶군요."

인간 세상에 있는 한 아사의 생명은 안전하다고 했었다. 그것은 바꿔 말하면 묘인족의 세계에선 그렇지 못하다는 얘기다.

아사를 노린다면 바로 그 경계가 되는 곳, 묘인족의 영토가 시작되는 지점에서 개시되지 않을까?

엘이 걱정하는 것은 그것이었다. 그리고 묘인국 안으로 들어갈 수는 없지만, 그곳이라면 인간인 그녀도 조금은 도울 수 있을 거라고 판단했다. 이미 상당수의 인원을 로제타로 보내 놓은 상태이기도 했다.

로제타.

그곳은 맥카시 공작령에 속하는 도시로, 제국민들에게는 묘인족의 왕국과 가장 가까운 지역으로 알려져 있다. 묘인국을 방문하는 상단이라면 반드시 들르게 되는 곳으로, 규모는 작지만 매우 번성한 도시였다.

"이런, 제가 설명이 부족했군요. 결론부터 말씀드리자면 처음에는 그렇게 걱정하실 필요가 없습니다."

"무슨 뜻이죠?"

웃으며 얘기하는 미하를 엘이 눈살을 찌푸리며 쳐다봤다.

"사혼기는 묘인족에게 있어서 아주 신성한 것입니다. 죽을 죄를 진 죄인이라고 해도 사혼기를 앞둔 부모가 있다면 잠시 시간을 주기도 하지요."

"그 말씀은 사혼기가 끝나기 전까지는 아사 님께서 무사하실 거라는 뜻인가요?"

"네, 더구나 아사 님의 어머니인 아시란 님은 샤하의 부인이십니다. 그런 분의 사혼기를 망칠 수는 없지요. 아사 님께서 위험해지시는 건 아마 아시란 님께서 영면에 드신 후가 될 겁니다……."

미하가 아사의 눈치를 살피며 급히 말끝을 흐렸다. 의도치
않게 우울한 분위기를 부르고 말았다.

괜한 걸 물었다는 죄책감에 엘이 얼굴을 들지 못했고, 아사
는 미동 없이 낯빛을 굳힌 채 아래만 내려다보았다.

불편한 침묵이 계속되려는 찰나, 다행스럽게도 밖에서 알만
의 음성이 들려왔다.

"영주님, 마차가 준비되었습니다."

벌써 시간이 이렇게 되었던가. 리안은 자기도 모르게 움찔
몸을 떨었다. 긴 여정의 시작이라도 편안하게 하라는 뜻에서
준비한 것인데, 저 말이 이토록 야속하게 들릴 줄은 몰랐다.

"아사."

리안은 몸을 일으켜 아사에게 다가갔다.

"일어나 볼래?"

리안의 청에 아사가 부스스 자리에서 일어섰다. 리안은 한
손을 펴 아사에게 내밀었다. 한 쌍의 귀걸이가 그 안에 놓여
있었다.

"헤이어달의 의지라는 귀걸이야. 헤이어달은 아주 오래전
에 살았던 마법사인데, 이건 그가 만든 거야."

"헙!"

리안의 설명에 신음을 터뜨린 건 엘이었다.

헤이어달의 의지.

그것은 정보 길드의 마스터인 그녀가 바람의 벗을 포기해서라도 갖고 싶은 희대의 아티팩트였다.

괴짜 마법사로 불리며 한 시대를 풍미했던 헤이어달이 십여 년의 연구 끝에 만들었다는 '헤이어달의 의지'에는 놀랍게도 지금은 불가능한 마법이라고 알려진 통신 마법이 걸려 있다.

아티팩트의 이름처럼 서로가 어디에 있든 의지로써 연결 된다는 헤이어달의 의지는, 귀걸이를 하나씩 나눠 가지면 언제 어디서든 연락을 주고받을 수 있다고 알려져 있다.

봤다는 사람은 많으나 사용해 본 자는 지난 수백 년 간 한 명도 없을 만큼 거의 전설로만 존재하던 것이 바로 헤이어달의 의지였다.

바람의 벗에 이어 헤이어달의 의지까지.

하나에서 둘이 되자 엘은 이제 생각하지 않을 수 없었다. 이런 귀중한 것들을 리안이 어떻게, 어떤 방식으로 소유하게 된 것인지 궁금한 한편 의구심이 들었다.

다른 것이 또 있지는 않을까?

자연스레 이어지는 상상에 저절로 꿀꺽 침이 넘어갔다. 그것을 아는지 모르는지 리안이 아사에게 말했다.

"여기에는 통신 마법이 걸려 있어. 그게 뭔지는 알지?"

"통신이면 이걸로 연락을 주고받을 수 있단 소리야?"

"응, 아사와 내가 나눠 가질 거야."

"날…… 주겠다고?"

놀라는 아사를 향해 빙긋 웃으며 리안은 귀걸이 한 짝을 집어 들었다.

"내가 직접 달아줄게."

리안은 멍하니 서 있는 아사의 머리칼을 귀 뒤로 넘기고 조심스럽게 귀걸이를 채웠다. 초록빛 에메랄드가 아사의 금발과 어우러지며 찬란한 빛을 내뿜었다.

"예쁘다."

리안은 자신의 귀에다가도 남은 한 짝의 귀걸이를 마저 착용했다. 귀걸이를 처음 차다 보니 다소 느낌이 어색했지만 아사를 위해서라면 기꺼이 참을 수 있었다.

**아사, 내 생각이 들려?**

"리안!"

갑자기 머릿속을 울리는 리안의 목소리에 아사가 깜짝 놀라며 리안의 손을 붙들었다.

**놀라지 마. 앞으로는 계속 이렇게 얘기해야 하니까.**

"……어떻게 한 거야?"

**어렵지 않아. 그냥 한 손을 나처럼 귀걸이에 대고 하고 싶은 말을 하면 돼.**

리안의 설명에 아사가 손을 들어 귀걸이로 가져갔다. 하지만 이마를 찡그리며 눈동자를 굴리는 모습이 어떻게 해야 할지 아직 감이 오지 않는 모양이었다.

**아사, 날 떠올려. 그리고 말하는 거야.**

끄덕.

**행동으로 말고 의지로 말해야지.**

"알겠어."

**말도 하지 말고.**

"아, 미안."

**훗, 말하지 말라니까.**

아사의 계속되는 실수에 리안은 나직하게 웃음을 터뜨렸다.
그러면서도 한편으로는 서글픔이 몰려왔다.

'이제는 이렇게 보며 웃지도 못할 테지…….'

**……보고 싶을 거야, 아주 많이.**

**리안을 두고 떠나기 싫어!**

"아!"

자신도 모르게 속마음이 의식을 통해 전해지자 아사의 눈에
당혹감이 떠올랐다.

**그래, 그렇게 하는 거야. 아주 쉽지?**

**…….**

**아사, 무사해야 해. 그리고 약속해줘. 네 목숨을 함부로 여
기지 않겠다고.**

**리안…….**

**꼭 살아서 돌아오겠다고 말해. 안 그러면 보내지 않을 거야.**

리안은 이틀 전 아사가 했던 말을 기억하고 있었다. 형을 위
해서라면 기꺼이 죽어 주겠다던 녀석의 말은 리안에게 깊은

상처로 다가왔다.

**약속해줘.**

리안의 진심이 통했을까. 간절한 그 부탁에 흔들리던 아사의 눈빛이 조금씩 차분해지며 녀석이 웃었다.

**응, 그럴게. 리안을 위해서, 친구들을 위해서, 그리고 나를 위해서. 노력해 볼게.**

**미안해, 함께 가지 못해서.**

**아니야, 괜찮아.**

자타가 인정하는 투정쟁이에 응석받이지만 지금의 아사는 의연했다. 돌이켜 생각해 보면 녀석은 언제나 그랬다.

고집을 부리다가도 리안이 힘들어 보이면 먼저 양보했고, 눈코 뜰 새 없이 바쁠 때면 방해가 되지 않으려고 조용히 자리를 비켰다.

그런 사실들이 왜 이제야 떠오르는 것일까?

아마 이래서 망설였었나 보다.

이틀 전 레어에서 헤이어달의 의지를 갖고 온 이후로 리안은 내내 망설였다. 왠지 이걸 주어버리면 바로 아사가 떠나버릴 것 같아서 꺼낼 수가 없었다.

눈앞이 흐려졌다. 아사가 떠나는 것이 비로소 실감이 간다. 가슴 한쪽을 칼로 도려낸 듯 아프다.

어찌하여 지금인지, 왜 하필 이런 시국에 아사를 보내야 하는 건지 억울하면서도 화가 났다. 불안감이 도무지 떨쳐지지를 않았다.

이럴 때 라키아라도 함께 있었다면 힘이 되었겠지만, 공작
들과의 막바지 협상 때문에 시간을 낼 수가 없었다.

**흰머리한테도 전해 줘. 리안 속 썩이지 말고 잘 지내라고.**

**……응.**

**갈게, 그럼.**

어느새 류지와 미하가 준비를 마치고 문가에서 기다리고 있
었다.

리안은 나가지 않았다. 아니, 나가지 못했다. 옆에 있으면
가지 못하게 붙잡을 것 같아서 리안은 창밖으로 떠나는 마차
를 배웅했다.

**잘 가, 아사.**

흙먼지를 일으키며 달려가는 마차의 뒷모습이 리안의 머릿
속에 또렷이 들어와 박혔다. 숨 쉬는 것조차 잊은 사람처럼,
리안은 그렇게 한참을 물끄러미 자리에 서 있었다.

제3화

스승과 제자

"결국……!"

타운젠드 공작의 주먹 쥔 손이 부르르 떨렸다. 격노에 찬 그의 두 눈이 사위인 스웨르겐 백작을 뚫어지게 노려봤다.

"죄송합니다."

백작은 차마 고개를 들 수가 없었다. 아무리 그 몰래 벌어진 일이라지만 가문의 가주(家主)로서 그에게도 분명 책임은 있었다.

"……그래서 지금 어쩌고 있나?"

공작은 최대한 인내심을 발휘하려고 노력했다. 하지만 너무 어이가 없어서일까.

"하하하하."

난데없이 웃음이 튀어나왔다. 그는 몰랐겠지만 기괴하게 일그러진 얼굴로 대소하는 모습이 자못 공포스러웠다. 그 때문일까.

"아버지."

글렌이 걱정스런 음성으로 공작을 불렀다. 그러나 지금의 공작에게 아들의 말 같은 건 들리지 않았다. 그의 눈은 줄곧 스웨르겐 백작을 향해 있었다.

"내 딸 말고, 자네 딸 말일세. 설마 낙심해서 울고 있는 건 아니겠지?"

"……."

"대답하게!"

불안감에 공작이 소리쳤다. 아무리 거절을 당했기로서니 자신의 손녀딸이 그럴 거라 생각하지는 않았다. 하지만 늦은 답변이 그의 신경을 건드렸다.

"……아닙니다."

다행히 백작의 입에서 나온 말은 공작이 원하는 답이었다. 확인 차 공작이 다시 한 번 물었다.

"정말인가?"

"네……."

타운젠드 공작의 눈빛이 가늘어졌다. 말끝을 흐리는 백작의 태도가 수상한 탓이다. 지금의 반응은 평소 명확한 것을 좋아하는 백작의 성격과 맞지 않았다.

"마지막으로 묻겠네. 레베카는 어쩌고 있나?"

'후우.'

공작의 집요한 물음에 스웨르겐 백작은 어쩔 수 없이 털어놓았다.

"곧…… 떠날 것 같습니다."

"떠나?"

"네, 직접 만나서 이유를 물어보겠답니다. 말려 보았지만 소용이 없었습니다."

"그 말은…… 레베카가 칼리스타 백작을 찾아갈 거라는 얘긴가?"

어느덧 공작의 눈에는 핏발이 서 있었다. 노기에 찬 음성 또한 충격 때문인지 잘게 떨리고 있었다.

"청혼을 거절한 이유를 물어보기 위해서? 하아!"

이보다 더 기막힌 일이 언제 또 있었던가!

타운젠드 공작은 순간 자신의 귀를 의심했다.

두 모녀가 작당해서 자신 몰래 혼인첩을 보낸 것도 어처구니가 없는 마당에, 상대가 거절을 하자 이유를 묻기 위해 직접 찾아가겠단다.

자신의 손녀가, 눈에 넣어도 아프지 않을 하나밖에 없는 외손녀가 황제의 처남인 칼리스타 백작에게 청혼을 했다가 보기 좋게 거절을 당했다.

방금 전에서야 그 모든 사실을 전해들은 공작은 그저 기가
찰뿐이었다.

　솔직히 지금은 무엇에 화가 났는지도 갈피를 잡을 수가 없
었다. 멋대로 혼인첩을 보낸 것 때문에 화가 난 것인지, 아니
면 그 혼인첩이 거절을 당해서 화가 난 것인지, 그도 분간이
안 갔다.

　"감히 제깟 놈이 뭐라고!"

　생각할수록 부아가 치솟는다. 어찌 제 놈이 거절을 한단 말
인가!

　받아 줄 마음 따위는 애초부터 없지만, 레베카가 거절을 당
했다는 것에 공작은 진노했다.

　그 반대였다면 모를까, 너무 어이가 없는 나머지 계속 웃음
만 나왔다.

　믿던 도끼에 발등이 찍힌다는 게 딱 이런 기분일 것이다. 똑
똑하고 야무진 줄로만 알았던 레베카가 지금 시기에 이런 일
을 벌였다는 게 공작은 아직도 믿기지가 않았다.

　'제 어미와는 다를 줄 알았는데……'

　어금니를 깨무는 공작의 머릿속으로 지난번 손녀딸과의 대
화가 스쳐지나갔다.


　"절대로 안 된다!"

　타운젠드 공작은 딸과 손녀를 보자마자 단도직입적으로 못

을 박았다. 그들의 헛된 망상을 뿌리 뽑기 전까지는 오늘 한 발자국도 물러서지 않을 참이었다.

"내 눈에 흙이, 아니다. 내가 죽은 후에라도 칼리스타 백작 과는 절대 혼인할 수 없다! 다시는 내 앞에서 그런 망발은 하지 말거라!"

"아버지, 결혼은 반드시 사랑하는 사람과 해야 행복한 법이에요. 저를 한번 보세요. 지금 얼마나 잘 살고 있어요? 반대만하지 마시고 잘 생각해 보세요."

"후훗, 사랑? 캐러다인, 내 딸아. 지금 사랑이라고 했느냐?"

오십을 바라보는 나이에도 아직 사랑 타령을 하고 있는 딸이 공작은 진심으로 한탄스러웠다.

"그럼 어디 물어보자. 레베카, 칼리스타 백작을 사랑하느냐?"

"아니요."

손녀딸의 막힘없는 대답에 공작은 만족스러운 미소를 지으며 딸을 향해 눈을 흘겼다.

"들었느냐?"

그러나 다음 순간 그의 몸은 얼음처럼 굳었다.

"하지만 좋아해요."

"⋯⋯뭐?"

"아니, 곧 사랑할 것 같아요. 그러니까 허락해 주세요, 할아버지."

"레베카!"

"저 이런 감정 처음이에요. 이러다 말겠지 했는데 여기까지 와버렸어요. 그가 자꾸만 생각나요."

"그럼 생각을 버려라. 그는 안 돼!"

공작은 엄한 음성으로 레베카의 말을 잘랐다.

"아버지, 그러지 마시고 그이 받아주신 것처럼 칼리스타 백작도 한 번만 눈감아 주세요. 언제 레베카가 이러는 거 보셨어요?"

"너와 레베카의 경우는 다르다. 칼리스타 백작은 황제의 사람이야!"

"그게 무슨 걱정이세요? 백작도 아버지 편으로 끌어오면 되잖아요."

두 눈을 깜박이며 순진한 표정을 짓고 있는 딸을 보자니 공작은 울화가 치밀었다.

애지중지 키운 딸내미지만 이럴 때면 진작 고쳐놓지 못한 게 후회스럽다. 아직도 세상 물정 모르는 철부지 어린애 같은 딸이 한편으로는 안쓰럽기도 했다.

타운젠드 공작은 심호흡을 하며 가슴을 진정시켰다.

"캐러다인, 황제만 아니었다면 진작 그렇게 했을 것이다. 칼리스타 백작은 이제 내 사람이 될 수 없는 자다. 그러니 제발 너라도 정신 차리고, 레베카의 마음을 돌리는 데 힘쓰도록 해라. 아비 말 잘 알아들었느냐?"

"어머, 제국에서 아버지가 마음대로 할 수 없는 자도 있단 말예요?"

캐러다인은 그 사실이 더 놀랍다는 듯 입을 쩍 벌렸다. 공작은 한숨을 푹 내쉬며 고개를 끄덕였다.

"그래, 아무리 아비라고 해도 안 되는 게 한두 개쯤은 있기 마련이다."

딸과 손녀딸 앞에서 약한 모습을 보이기는 싫었지만, 마음을 돌리기 위해선 어쩔 수 없었다. 그 노력이 빛을 발하는지 캐러다인의 눈빛이 흔들렸다.

"하지만 너무 아까운데……."

그녀가 무슨 생각을 하고 있는지 공작은 훤히 짐작이 갔다. 아마도 칼리스타 백작의 곱상한 얼굴이 떠오르고 있으리라. 예전이나 지금이나 그의 딸은 변한 것이 없었다.

"할아버지, 엄마의 생각이 어떻든 제 마음은 변하지 않아요. 제가 그를 원해요."

"레베카! 이 할아비가 이렇게까지 말하는데도 꼭 그래야겠느냐?"

"사람 마음이 마음대로 되는 게 아니라는 걸 이제야 깨달았어요. 죄송해요."

"너 이 녀석……!"

"할아버지께서 재고해 주세요. 꼭 안 좋은 쪽으로만 생각할 필요는 없잖아요. 칼리스타 백작은 유능하고 멋진 남자예요. 아시잖아요. 그에게 제 미래를 맡기고 싶어요."

배포 하나는 기가 막혔다. 자신 앞에서 눈 하나 깜짝 않고 의견을 말하는 레베카를 보며 공작은 한동안 말을 잃었다.

이제껏 단순히 관심이 있다고만 여겼었다. 칼리스타 백작에 대한 레베카의 감정이 이렇게까지 진전이 됐을 줄은 정말 꿈에도 몰랐다.

"……절대로 안 된다."

공작이 할 수 있는 말은 그것뿐이었다. 아무리 아끼는 손녀딸이라고 해도 이번만큼은 들어줄 수 없었다.

다른 자도 아니고 칼리스타 백작이라니!

리안을 향한 공작의 증오심이 한층 더 커지는 순간이었다.


"그때 눈치챘어야 했는데……."

타운젠드 공작은 자신의 과실을 인정했다. 레베카의 성격을 알면서도 너무 부주의했다. 조금만 더 깊게 생각했더라면 지금의 불상사까지는 오지 않았을 수도 있었다.

"죄송합니다."

스웨르겐 백작은 다시 한 번 사죄했다.

그도 몰랐다. 레베카가 아비인 자신조차 따돌리고 칼리스타 백작에게 혼인첩을 보낼 줄은. 그리고 그 혼인첩이 일언지하에 거절을 당할 줄은 더더욱 몰랐다.

"매형 잘못 아닌 거 아버지도 알고 저도 알아요. 그러니까 그만하세요."

"처남, 집안 관리를 제대로 안 한 제게도 책임은 있는 겁니다. 괜한 분란을 일으켜서 정말 죄송합니다."

"나 참, 누이가 매형 말을 안 듣는데 책임은 무슨 책임이요. 말씀 안 하셔도 다 압니다. 분명 누이가 부추겼을 거예요."

글렌은 자신의 누이인 캐러다인의 성격을 누구보다도 잘 알았다. 덜 자란 누이를 볼 때마다 한심하다는 생각이 들곤 하지만, 그녀의 저돌적인 면만큼은 그도 부러웠다.

"옆에서 누가 부추긴다고 그런 짓을 벌일 아이가 아닙니다. 물론 집사람이 가만히 있지는 않았겠지요. 그래도 결정한 건 당사자인 레베카입니다."

"누이가 그러란다고 그럴 녀석이 아니긴 하죠. 그래도 매형, 얼굴 좀 펴십시오. 원래 누굴 좋아한다는 게 그런 겁니다."

"좋아하기는 누가 누굴 좋아한단 말이냐! 그런 말 할 거면 너도 내 앞에서 썩 물러가거라!"

별안간 공작이 불같이 화를 냈다. 글렌은 그제야 자신이 감상에 빠졌음을 깨닫고 황급히 눈을 내리깔았다. 아버지의 과민 반응이 조카 때문만은 아니라는 걸 알기에 그도 마음이 편치는 않았다.

"죄송합니다. 레베카가 그만 걱정이 되어서……."

"조카 걱정할 시간이 있으면 네 녀석이나 신경 써라! 너는 대체 언제쯤 재혼할 생각이냐? 네 어미가 밤마다 잠도 못 자고 얼마나 노심초사를 하는지 아느냐?"

"……"

"테오도르를 언제까지 엄마 없는 자식으로 만들 셈이야. 8년이나 혼자 지냈으면 되었어!"

"……"

"쉐르단 후작도 허락했고, 아스완도 널 좋다고 했다던데, 네 녀석이 뭐가 아쉬워서 이러는 것이냐? 더 늦기 전에 어서 결정을 내려!"

"아버지, 그건 제가 알아서 하겠다고 전부터 말씀드렸지 않았습니까. 그 문제라면 관여하지 마십시오. 제 뜻대로 하겠습니다."

재혼 얘기만 나오면 늘 그렇듯, 글렌의 얼굴이 딱딱하게 굳었다.

수년째 반복되는 일과 중 하나라고 할 수 있었다. 재혼을 종용하는 아비와 알아서 하겠다는 아들의 대답. 평소보다 언성이 더 높긴 했지만, 오늘도 결국 먼저 꼬리를 내린 쪽은 공작이었다.

"아들이라고 하나 있는 녀석이 사십이 넘어서도 부모 걱정이나 시키고, 에잉!"

탐탁지 않는 눈빛으로 글렌을 쏘아보던 공작이 사위에게로 시선을 돌렸다.

"그래서 칼리스타 백작은 지금 어디에 있나?"

"라모스시로 내려간 것 같습니다."

"라모스라면, 영지로 떠났다는 말인가?"

"네, 협상이 타결되자마자 황도에서 사라졌습니다. 이번 일로 시끄러워질 것을 대비하여 미리 피한 것 같습니다."

"시끄러워지다니?"

공작의 눈썹이 사납게 휘어졌다. 스웨르겐 백작은 머뭇머뭇 입을 열었다.

"그게 아무래도 혼인첩을 보냈다가 거절을 당한 일이다 보니⋯⋯."

"소문이 벌써 돈 겐가?"

공작이 안 것이 방금 전이다. 그가 아무리 최근 경황이 없었다지만 소문이 퍼지기에는 아직 일렀다.

"혼인첩이 칼리스타 백작의 저택에 당도하던 날, 마침 손님이 있었던 모양입니다. 알 만한 사람은 이미 다 알고 있을 겁니다."

"이익!"

공작이 주먹을 쥐며 입술을 앙다물었다. 걷잡을 수 없는 분노가 치밀어 올랐다. 귀족들의 습성을 잘 아는 탓이다.

"감히 내 손녀딸을 두고 입방아를 찧는 자들이 있다면 그게 누구든 용서치 않을 거라고 이르게. 내 귀에 이상한 소리가 들려올 시에는 할 수 있는 모든 걸 동원해서 뭉개버릴 거라고 말이야."

"알겠습니다."

"그리고 무엇보다 중요한 건 레베카가 칼리스타 백작을 찾아가지 않도록 해야 한다는 거네. 그렇게 되면 정말 돌이킬 수 없어!"

"조치하겠습니다."

"하핫, 칼리스타 백작과 혼인이라니……. 살다 살다 이런 망신은 또 처음이군."

리안을 떠올리자 공작의 눈에 저절로 살기가 맺혔다. 황제가 지금처럼 나오는 이상, 그에게 리안은 손녀딸의 짝으로 재고의 여지조차 없는 상대였다.

"장인어른께 정말 죄송합니다."

"자네의 사과는 필요 없으니 그만하게. 내가 바라는 건 레베카가 마음을 고쳐먹는 거야."

"조금만 기다려 보십시오. 혼인첩이 되돌아왔으니 레베카도 분명 마음을 바꿀 겁니다."

"당연히 그래야지. 그보다 그는 아직인가?"

"네?"

"크라우저 후작 말일세. 내 기억에 이맘때였던 것 같은데……."

"아, 그 말씀이시군요."

갑작스런 화제 전환에 잠시 알아듣지 못했던 백작이 서둘러 고개를 주억이며 말을 이었다.

"지금 시즌이 맞긴 합니다. 작년보다 조금 늦은 감은 있지만, 항상 겨울이 오기 전에는 사라졌으니 곧 떠날 겁니다."

"이번에는 놓치지 말아야 하네."

"지난해보다 인원을 스무 배 이상 늘렸습니다. 신신당부도 하였으니 너무 걱정하지 마십시오. 올해만큼은 반드시 그가 어디로 향하는지 알아내겠습니다."

레베카의 일로 기가 팍 죽어있던 조금 전과 달리, 스웨르겐 백작의 표정과 말투에는 자신감이 넘쳤다. 그럼에도 불구하고 공작은 안심이 되질 않았다.

"수십 년을 미행하며 정체를 캐내려고 했으나 한 번도 속 시원히 알아낸 적이 없네. 매년 겨울마다 그가 어디로 사라지는지조차 아직 모르고 있어."

"번번이 죄송합니다."

"어디 그게 자네 탓이겠나. 그가 재빠르기 때문이지."

공작은 차이를 떠올리며 미간을 모았다.

"금번에는 꼭 알아내야 하네. 내 예감이지만, 그는 분명 동료들이 있는 곳으로 가는 걸 거야. 목적지만 알아내면 그의 진정한 정체에 대해서 아는 것은 시간문제네."

"기다려 보십시오. 준비를 단단히 하였으니 올해에는 기필코 성과가 있을 겁니다."

"상대는 후작입니다. 정말로 자신 있으신 겁니까?"

"처남, 그가 아무리 대단하다고 해도 땅을 딛지 않고는 걸을 수 없습니다."

"……!"

"이번에야말로 반드시 그의 정체를 알아내고 말 겁니다. 기대해 주십시오."

자신의 다짐이 얼마나 무모한 것인지도 알지 못한 채, 스웨르겐 백작이 글렌을 향해 미소 지었다.

*　　*　　*

다그닥 다그닥.

산과 초목이 어우러진 너른 들판을 배경으로 네 대의 마차가 힘차게 대지를 달렸다. 특이한 점이라면, 다른 마차들과 달리 선두에 선 마차의 왼쪽 상단에 깃발이 하나 꽂혀 있다는 것이었다.

검은 바탕에 수놓아진 황금색 드래곤. 그것은 리안이 5년 전부터 사용하고 있는 칼리스타 가문의 표식이었다.

마차에 깃발이 꽂혀 있다는 건 안에 칼리스타 가문의 사람이 타고 있다는 뜻이다. 그리고 오늘의 그 주인공은 가문의 주인인 리안이었다.

"자꾸 귀찮게 해드려서 죄송해요."

"……?"

비앙카의 뜬금없는 사과에 창밖을 향해 있던 리안의 고개가 돌아갔다. 옆 좌석에 앉아있던 라키아도 이마를 찌푸리며 동생을 내려다봤다.

"비앙카, 갑자기 무슨 소리야?"

"영지 경영에 대해 배우겠다고 요즘 내가 자주 귀찮게 굴고 있잖아. 안 그래도 바쁘신 분인데……."

"아, 그런 거라면 괜찮습니다. 시간을 많이 뺏기는 일도 아닌걸요."

"다 할 만하니까 하는 거야. 비앙카, 넌 그런 건 신경 쓸 것 없어."

라키아까지 거들고 나섰지만 비앙카의 얼굴에는 미안함이 가시지 않았다.

"그렇게 말씀하셔도 제가 백작님의 시간을 많이 뺏고 있는 거 잘 알아요. 지금도 저 때문에 먼 곳까지 가시는 길이잖아요."

"이런, 오해를 하고 계셨나 보군요. 지금 가는 곳을 비앙카 양에게 보여주고 싶은 건 사실이지만, 꼭 그 때문에 가는 것만은 아닙니다."

"그럼 어째서……?"

"어떤 일이든 실행을 했으면 영주로서 확인을 해야 하는 것은 당연한 의무입니다. 저는 지금 그 의무를 실천하러 가는 길입니다."

"영주로서의 당연한 의무……."

리안이 한 말을 따라서 중얼거리며 비앙카가 갑자기 노트를 펼쳤다. 그리곤 그 위에다가 방금 전의 말을 그대로 옮겨 적었다.

"비앙카, 지금 뭐하는 거야?"

황당해 하는 라키아의 질문에 답한 건 진이었다. 그녀가 웃으며 비앙카를 대신해서 말했다.

"칼리스타 백작님께서 하신 말씀을 잊어버리지 않기 위해 적으시는 겁니다."

"잊어버리지 않게?"

"네, 비앙카 아가씨께 영지 경영을 맡기셨잖아요. 지금 아가씨께선 배움의 의지로 불타오르고 계시답니다."

그것이 내심 뿌듯하다는 듯 진이 비앙카의 머리를 부드럽게 쓰다듬었다. 그에 반해 라키아는 말도 안 된다는 듯 얼굴을 찡그렸다.

"배울 점이 있다면 당연히 그래야지. 근데 리안이 무슨 선생님도 아니고 말까지 받아 적어?"

"오빠, 나에게 칼리스타 백작님은 스승님이나 마찬가지야. 내가 백작님께 얼마나 많은 것들을 배운 줄 알아?"

"네가 여기 온 지 며칠이나 됐다고 많이 배워?"

"오빠는 백작님과 5년을 같이 지냈으면서 그걸 몰라?"

동생의 되물음에 라키아는 순간 아무 말도 못하고 눈을 깜박였다. 다시 만난 이후로 자신의 말이라면 뭐든 순한 양처럼 따랐던 비앙카가 이렇듯 강하게 말하는 것을 그는 처음 보았다.

"영지를 둘러보며 많은 사람들을 만나다 보니 자연스레 알게 되더라고. 백작님이 그동안 어떤 노력을 하셨는지. 모두들 백작님에 대한 칭송이 대단해. 불평하는 사람은 단 한 명도 만나지 못했어.”

“……그래?”

“내가 보고 느꼈던 것보다 훨씬 더 많은 일을 하시고, 지금
도 하고 계시다는 걸 깨달았어.”

“너 여기서 얼마 동안 머물고 싶다고 말한 게 혹시 그것 때
문이었어?”

“응, 잠시라도 배워보고 싶었거든. 그런데 시간이 지나면
지날수록 자신감이 사라지고 있어서 큰일이야.”

비앙카의 풀이 죽은 음성에 라키아가 허리를 곧추세우며 눈
을 부릅떴다.

“자신감이 왜? 뭐가 문제인데?”

“난 아직 어리기도 하고, 아는 것도 별로 없고 그렇잖아.”

“네가 어린 건 맞지만 지금 나이도 충분해. 리안은 너보다
더 어릴 때 영주가 된 몸이야. 안 그래, 리안?”

“응, 그때가 열두 살이었으니까. 하지만 정신을 차린 건 열
다섯이야.”

“정신을 차리셨다니요?”

“그 전에는 철이 없었다는 얘깁니다.”

옆자리에 앉은 알만을 슬쩍 돌아보며 리안이 어색한 미소를
짓자, 마차 안에 타고 있던 사람들의 얼굴에 일순 의혹이 어렸
다(변화가 없는 건 차이가 유일했다). 리안의 철없는 모습이 어떨
지, 그들로서는 감히 상상이 가지 않았다.

당장이라도 캐묻고 싶었지만, 라키아는 일단 비앙카에게 집중했다.

"아무튼 들었지? 그러니까 너도 자신을 가져. 혹시 알아? 리안보다 더 훌륭히 잘 해낼지. 오빠는 내 동생을 믿는다!"

"저도 잘 하실 거라고 생각합니다."

"저도 동감입니다."

리안과 진이 응원하자 비앙카가 부끄러운 듯 얼굴을 붉혔다.

"리안, 비앙카 돌아갈 때까지 잘 부탁한다."

"그 말은 나보다 알만에게 해야 할 것 같은데?"

모든 일에 영주인 리안의 결재가 따르긴 하지만, 알만이 없었다면 지금의 영지는 실현될 수 없었다. 능력 많은 집사를 둔 덕택을 리안은 톡톡히 보고 있었다.

"그것도 그렇군. 예전부터 든 생각이지만, 리안 넌 너무 사람을 부려먹어."

"저는 괜찮습니다."

"알만이 어련하겠어."

알만이 바로 리안의 편을 들고 나서자 라키아가 입술을 삐쭉이며 진에게로 고개를 돌렸다.

"진, 로드리게즈 백작가의 집사 자리는 앞으로 진의 몫입니다. 그러니 알만에게 많이 배워두세요."

"……집사라니요?"

"진은 비앙카에게 가장 가까운 사람입니다. 저는 진이 비앙카를 도와주길 바라요."

"하지만 전 여자인데요."

진은 지금껏 살면서 여자 집사가 있다는 소리는 들어보지 못했다. 여자도 집사를 할 수 있는 거냐고 그녀가 물어보려는 찰나, 라키아가 먼저 물었다.

"여자는 집사하지 말라는 법이라도 있습니까?"

"네?"

"그런 거 있어, 리안?"

"아마 없을걸. 그렇지, 알만?"

"네, 제가 알기로는 없습니다. 그리고 라키아 님의 말씀에는 저도 동의합니다. 힘을 쓰는 일도 아니니 여자라고 못할 것도 없지요. 성별 보다는 오히려 적성에 맞아야 할 겁니다."

알만은 동그래진 눈으로 자신을 바라보는 진을 향해 웃으며 설명했다.

"세심함, 침착함, 철저한 준비성. 뭐, 이런 것들이 되겠군요. 주인을 보좌하는 일이니만큼 때로는 눈썰미나 사리 분별력이 필요하기도 합니다. 밑으로 하인들을 통솔할 때는 엄격함과 냉정함이 요구되기도 하지요."

"알만, 지금 그거 본인 자랑 하는 거야?"

"그렇게 들리셨다면 죄송합니다."

"사과까지는 필요 없고."

손을 휘젓는 라키아에게 잠시 고개를 숙였다가 알만이 다시 진을 바라봤다.

"하지만 이 모든 걸 합친 것보다 중요한 건 따로 있습니다."

"그게 무엇이죠?"

"주인을 섬기는 마음입니다."

"……!"

"그럴 준비가 되어 있다면 진 양은 훌륭한 집사가 될 수 있을 겁니다."

인자하게 미소 짓는 알만의 얼굴에는 리안을 주인으로 섬기고 있다는 자부심이 어려 있었다.

갑자기 진은 자신감이 생겼다. 비앙카를 위하는 마음만큼은 어느 누구에게도 지지 않을 자신이 있었다. 그녀가 알만을 향해 미소를 지으며 말했다.

"저도 잘 부탁드립니다."

"와아!"

진의 결정에 가장 기뻐한 건 비앙카였다. 그녀가 자신을 도와준다니 비앙카도 왠지 더 힘이 솟았다.

오랫동안 공석이던 로드리게즈 백작가의 집사 자리가 채워지는 순간이었다.

"주제넘게 한 말씀 더 드리자면 비앙카 아가씨께서도 충분히 잘 해내실 거라고 생각합니다."

"제가요?"

"네, 집사로 지내면서 두 분의 영주님을 모셨고 여러 영주님들을 뵈었습니다. 그러면서 제가 느낀 것은 좋은 영주란, 영지민의 삶을 이해할 줄 아는 영주였습니다."

"영지민의 삶을 이해할 줄 아는 영주……."

말 속에서 뭔가를 느낀 듯, 비앙카가 또다시 노트에다가 재빠르게 받아 적었다.

귀족임에도 알만의 말을 거리낌 없이 듣고 적는 그 모습에서, 리안은 왠지 예전 자신을 보는 것 같아 묘한 기분이 들었다.

지난 5년이 비앙카에겐 아픈 과거사일 수도 있지만, 그 경험이 많은 도움이 될 거라고 리안은 예감했다.

"그 이해심에 지속적인 관심이 이어진다면 비앙카 아가씨께서도 저희 영주님 못지않은 칭찬을 들으실 수 있을 겁니다."

"지속적인 관심!"

"들으랴, 쓰랴. 바쁘네, 바빠."

동생의 모습이 안쓰러운 건지 대견스러운 건지, 라키아가 혀를 차며 고개를 내저었다. 하지만 그런 그의 눈에는 알만을 향한 고마움이 묻어 있었다.

"더 해주실 말씀 없으세요?"

"지금은 없습니다."

"이왕 이렇게 된 거 미리 말씀드릴게요. 앞으로 저, 칼리스타 백작님만큼이나 알만도 귀찮게 할지 모르겠어요."

"언제든지 오십시오. 기꺼이 기다리고 있겠습니다."

귀여운 손녀딸을 대하는 할아버지처럼 알만의 입가에는 너

그러운 미소가 걸려 있었다.

"비앙카, 될 수 있으면 알만보다는 리안을 더 귀찮게 만들어."

"그게 무슨 말이야, 오빠?"

"지금껏 하던 대로 리안을 귀찮게 하라고."

"그러니까 왜 그래야 하는데?"

묻는 비앙카는 물론 당사자인 리안도 라키아를 보며 고개를 갸웃했다. 그의 말은 엉뚱하기 짝이 없었다.

라키아는 잠시 말을 해야 할지 말아야 할지 망설이다가, 따가운 눈총을 이기지 못하고 결국 입을 열었다.

"되다 만 고양이 말이야. 너라도 귀찮게 해야 리안이 그 녀석 생각을 덜 하지."

"라키, 내가 언제……."

"네가 말 안하면 내가 모를 줄 알았냐?"

"무슨……."

"너 요새 잠도 못 자잖아. 안 그렇습니까?"

덜컹거리는 마차 안에서 유일하게 침묵을 고수하고 있는 차이에게 라키아가 도움을 요청했다. 리안의 시선이 느껴지자 차이가 눈을 내리깔며 나직하게 대답했다.

"어제는 그나마 조금 주무셨습니다."

"아니야, 차이. 나 어제는 정말 푹 잤어."

"속일 걸 속여라. 그 녀석 걱정으로 타들어가는 네 속, 내 눈에는 다 보이거든?"

라키아라고 아사가 걱정되지 않는 건 아니었다. 하지만 세상엔 어쩔 수 없는 일이라는 게 있다. 떠나간 이상, 기다리는 사람은 상대가 무사히 돌아오길 바라면서 꿋꿋이 자신의 일을 하면 되는 것이다.

알만의 말에 의하면 리안은 요즘 끼니조차 거를 때가 많다고 들었다. 지금은 그나마 자신이 옆에 있어서 그렇지, 자신마저 떠나면 더 할 것이다.

라키아는 아사보다 눈앞의 리안이 더 걱정이었다.

"라키, 난 정말 괜찮아. 곧 있으면 폐하의 명으로 라키도 떠나야 하는데, 괜한 걱정 끼치고 싶지 않아."

"알고 있으니 참 다행이네."

"라키……."

"잘 들어. 네 말대로, 난 곧 폐하의 명을 받고 떠나야 할 몸이야. 근데 네가 계속 이런 상태면 난 폐하께 가지 못한다고 말씀드릴 거야."

"그게 무슨 말도 안 되는 소리야! 그건 라키가 아니면 안 되는 일이란 거 몰라서 그래?"

"알아, 나도. 당연히 내가 모를 리 없지. 그래도 난 안 가. 폐하께서 이유가 뭐냐고 물으시면 다 네 탓이라고 하지, 뭐. 그러니 내 걱정은 안 해도 돼."

"그게 말이 된다고 생각해?"

"내가 못할 거 같아?"

……아니.

대답하지는 않았지만 라키아라면 충분히 그럴 거라고 리안은 장담했다. 그의 성격은 그러고도 남았다.

"알았어. 라키가 원하는 대로 할게. 그러니까 우리 제발 다른 얘기 하자!"

"다른 얘기 뭐? 네가 레베카 양의 혼인첩을 거절한 얘기라도 하자는 거냐?"

"라키!"

"알았어. 그만, 그만할게!"

리안의 표정이 심상치 않게 변하자 라키아가 두 손을 머리 위로 들며 항복했다.

안 그래도 아사 때문에 복잡한 심경이 혼인첩으로 바닥을 그리고 있다는 건 그가 제일 잘 알았다. 시끄러움을 피하고자 이곳까지 내려온 녀석이 아닌가.

여인의 몸으로 혼인첩을 보냈다가 거절당한 레베카가 약간은 안쓰럽기도 하나, 리안의 짝으로 그녀는 어울리지 않는다는 게 라키아의 생각이기도 했다.

끼이익.

"영주님, 도착했습니다."

때마침 목적지에 당도한 듯 마차가 정차하며 마부의 우렁찬 외침이 들려왔다. 제일 먼저 차이가 내렸고, 문에 가까이 앉아 있던 순으로 차례대로 밖으로 나갔다.

"근데 여기가 어디냐?"

마차가 멈춘 곳은 주변에 건물이 하나도 없는 드넓은 평야였다. 멀리 오두막이 드문드문 보이긴 했지만, 라키아가 보기에 일행이 머물 만한 곳은 없었다.

"오빠, 여기 뭔가를 심어놓은 것 같아."

동생의 음성에 라키아가 풍경에서 시선을 떼고 뒤를 돌아봤다. 그사이 비앙카는 쪼그리고 앉아서 바닥을 살펴보고 있었다. 조심조심 흙더미를 들추는 진의 모습도 옆으로 보였다.

"그러고 보니 주위가 온통 밭이잖아?"

라키아는 그제야 부근 전체가 평범한 땅이 아닌 밭이라는 걸 깨달았다. 이제 막 일궈놓은 듯 가지런히 정리된 땅은 아직 아무것도 돋아있지 않았다.

"맞아, 밭이야. 어때, 라키?"

어느새 다가온 리안이 자랑스럽게 주변을 휘둘러보았다. 뿌듯함으로 가득 찬 리안의 얼굴을 라키아가 의문스럽게 쳐다볼 때 비앙카가 걸어왔다.

"칼리스타 백작님, 여기가 혹시……."

"네, 비앙카 양이 상상하시는 그곳이 맞습니다. 일전에 보고 싶다고 하신 말씀이 기억나서 모시고 왔습니다."

"보고 싶어 했다니, 뭘?"

라키아는 둘의 대화를 알아들을 수가 없었다. 리안이 웃으며 턱으로 앞을 가리켰다.

"여기 말이야. 개간한 땅을 궁금해 하셨거든."

"개간?"

"응, 얼마 전까지만 해도 버려진 땅이었어. 이렇게 탈바꿈을 했다니 나도 놀라워."

본인이 시작한 일이지만 그동안 바빴던 탓에 와보는 건 리안도 처음이었다. 조만간 가봐야지 했던 곳인데, 마침 얼마 전에 비앙카에게 황무지 개간에 대해 얘기하면서 와보기로 결정을 했었다.

첫 추수는 내년이 될 것이기에 아직은 이렇다 할 성과가 없지만 리안은 충분히 기뻤다.

앞으로 지속적으로 신경을 쓴다면 이곳도 곧 비옥한 농토가 될 수 있었다. 리안은 그렇게 믿었다.

"아, 흉년 때 도망쳐온 노예들을 보낸 곳이 혹시 이곳이었어?"

"응, 기억하고 있었네."

"그걸 어떻게 잊겠냐? 그때 도망 온 노예가 한둘이야?"

뼈만 남은 몰골로 돌아갈 수 없다며 버티던 노예들의 모습을 라키아는 아직도 또렷이 기억하고 있었다. 당시에도 느꼈지만, 리안 같은 주인을 만난 것이 그들에게는 다시없을 행운이었다.

"밭 상태를 보니 다들 열심히 일하고 있는 모양이네. 받아주기를 잘한 것 같다."

"그때 아마 라키가 반대했었지?"

"오빠가 반대를 했었어요?"

비앙카도 대충 상황에 대해서는 들어서 알고 있었다. 굶주림과 학대에 지쳐 도망 온 노예들을 오빠가 모른 척하려고 했었다는 사실에 그녀는 놀란 표정을 지었다.

"그런 얼굴 하지 마. 분란이 일어날까봐 그런 거니까."

"분란이라니?"

"노예는 누군가의 소유물이야. 리안이 아무 생각 없이 그들을 받아줬다면 그건 도둑질이나 마찬가지라고."

"아."

"라키 덕분에 시끄러움을 면했습니다. 차라리 돈을 주고 사오자는 의견도 라키가 낸 것이었죠. 오늘의 이런 땅덩이가 생긴 건 라키의 활약 덕택이랍니다."

리안이 대지를 가리키며 라키아를 추켜세우자, 비앙카와 진이 라키아를 향해 엄지손가락을 치켜들었다. 알만의 다정한 목소리가 들린 것은 그때였다.

"시장하실 텐데, 먼저 식사부터 하시는 게 어떻겠습니까?"

"으음, 그럴까?"

"네, 날이 지려면 아직 시간이 많이 남았습니다. 식사를 하고 둘러보셔도 늦지 않을 겁니다."

"나는 찬성. 아까부터 배가 고파 죽을 것 같았어."

리안의 대답은 기다릴 새도 없이 라키아가 성큼성큼 긴 다리를 움직여 자리를 벗어났다. 그가 향하는 곳에는 이제 막 도착한 하녀들의 분주한 식사 준비가 한창이었다.

"라키를 위해서라도 우선 식사를 해야겠네요. 안내는 잠시 후에 하겠습니다. 괜찮겠지요, 비앙카 양?"

"그럼요. 저는 언제든 상관없습니다."

해맑게 웃는 비앙카에게 리안이 손을 내밀었다.

"가실까요?"

비앙카가 흔쾌히 그 손을 맞잡으며 한 걸음 내딛었다. 겨울을 알리는 차가운 바람이 불어왔지만, 그들의 주변만은 따듯한 온기로 풍성했다.

제4화

기사단 출정

"진, 그만하고 이것 좀 와서 보라니까."

"흐읍, 잠시만요. 이제 다 끝나가요."

"오전에 했으면서 뭘 또 해. 어휴, 정말 못 말려."

비앙카가 한숨을 내쉬며 고개를 절레절레 저었지만 진은 꿋꿋이 하던 일에 충실했다.

먼저 바닥에 둔부를 붙이고 앉아 좌우로 다리를 벌렸다. 그런 다음 두 손을 앞으로 내밀고 천천히 허리를 낮게 숙였다. 유연한 그 동작에 안 그래도 타이트한 옷이 몸에 밀착되며 그녀의 굴곡진 몸매가 고스란히 드러났다.

비앙카의 고운 이마가 찌푸려졌다.

"진은 말이야. 그게 문제야. 숙녀가 되었으면 나처럼 드레스를 입어야지, 그 옷차림이 뭐야."

"저는 이게 편합니다."

"그래, 편하겠지. 그런 거 하려고 남자들처럼 입는 거잖아. 나보고는 만날 여자답게 굴라고 잔소리를 해댔으면서."

"하아, 제가 언제요."

진이 자세를 바꿔 몸을 뒤로 눕히더니 엉덩이를 위로 쳐들었다. 그리고 두 팔로 바닥을 딛고 일어나 거꾸로 비앙카를 바라봤다.

"하루에도 몇 번씩이나 했던 말인데 기억이 안 난다고?"

비앙카는 어이가 없었다. 어릴 적 진을 따라 남자 옷을 좀 입어보려고 하면 펄쩍 뛰면서 말리던 장본인이 누군가. 그녀가 입버릇처럼 강조하던 것도 여인으로서의 몸가짐을 지키라는 것이었다.

"후우, 후우. 저는 정말 그렇게 말한 적 없습니다. 백작가의 영애답게 조신하게 행동하셔야 한다고 말씀드린 적은 있지만요."

"진, 그게 그 말이잖아. 어떻게 그걸…… 응?"

반박하던 비앙카의 목소리가 잦아든 것은 개방된 입구 너머로 보이는 한 여인 때문이었다.

열여덟, 열아홉쯤 되었을까?

둥근 얼굴에 매우 조용하고 차분한 분위기를 풍기는 여인이었다. 그녀가 바닥에서 이상한 자세를 취하고 있는 진을 당황스러운 얼굴로 쳐다보고 있었다.

"진, 그만 일어나."

"다 끝나갑니다. 하앗, 조금만 기다려 주세요."

"그게 아니라, 저기."

진의 감청색 눈동자가 비앙카의 턱짓에 따라 움직였다. 진의 시선과 여인의 시선이 허공에서 부딪쳤다.

후다닥!

비앙카의 잔소리에도 꿈쩍 않던 진이 벌떡 일어나 서둘러 옷매무새를 만졌다. 같은 여자라고는 하나 처음 보는 사람에게 민망한 자세를 들켰으니 창피하기도 할 것이다. 진을 대신해서 비앙카가 나섰다.

"누구신지는 모르겠지만 어서 들어오세요."

그에 당혹감에 서성이던 여인이 다소곳이 인사하며 안으로 걸어 들어왔다.

"무슨 일이신가요?"

"아, 저는 매들린이라고 합니다. 찾으셨다고 하기에……."

"앗, 당신이 매들린이군요!"

비앙카가 허겁지겁 자리에서 일어나 그녀에게로 달려갔다. 가까이 다가간 매들린에게서는 은은한 약초향이 풍겼다.

"제가 불러놓고 몰라봐서 죄송해요. 저는 치료사로 유명하신 분이라기에 나이가 드신 분인 줄 알았어요. 이렇게 젊은 분일 줄은 미처 몰랐네요."

"말씀 놓으……."

"정말 반가워요, 매들린!"

비앙카가 다짜고짜 손을 잡는 바람에 매들린은 깜짝 놀라 말을 멈췄다. 그런 그녀와 달리 비앙카는 잔뜩 흥분해서 말을 이었다.

"오빠를 살려주셔서 정말 고마워요. 매들린이 아니었다면 쉽게 낫지 못했을 거라고 칼리스타 백작님께 들었어요. 늦었지만 지금이라도 감사드립니다."

"아닙니다, 아가씨. 무슨 그런 말씀을……. 저는 별로 한 것이 없습니다."

귀족인 비앙카가 존대를 하며 허리까지 숙이자 매들린은 난처했다. 그녀가 손을 놓으며 몸을 낮추려고 했지만 잡힌 손아귀의 힘이 보통이 아니었다.

"오빠도 그랬어요. 매들린 덕분에 상처가 빨리 아물었다고. 진심으로 고맙게 생각합니다."

"저는 그저 영주님께서 명하시는 대로 했을 뿐입니다. 귀하신 분이 어찌 미천한 저에게 이러십니까."

"미천하다니요. 매들린이야말로 내게 하나뿐인 오빠를 살려준 귀한 사람입니다. 꼭 만나 뵙고 싶었어요."

"아니, 저는……."

어찌할 바 모르는 매들린의 태도에도 불구하고 비앙카가 그녀를 자리로 데려와 앉혔다.

"혹시 내가 바쁠 때 부른 건 아니죠? 원래는 찾아가려고 했었는데, 칼리스타 백작님께서 매들린은 이럴 때 아니면 쉬지 않는다고 꼭 성으로 부르라고 하셔서요. 그래도 일부러 환자들이 드문 시각을 골랐는데, 일에 지장은 없는 건가요?"

"아, 네. 괜찮습니다. 말씀하신 것처럼 한가한 시간이기도 하고, 치료사는 저 말고도 또 있으니까요."

"여인의 몸으로 치료사를 하고 있다니 정말 대단하세요. 무척 고된 일이라고 들었는데, 힘들지는 않으세요?"

"힘들기는요. 저 같은 게 치료사가 되었으니 영주님께 감사하며 일해야지요. 영주님의 지원이 아니었다면 치료사는 될 수 없었을 거예요."

인간의 목숨을 다루는 일인 만큼 치료사가 되기 위해선 명석한 두뇌는 물론 생명을 존중하는 마음과 열정, 끈기 등 필요한 것이 많다.

무엇보다 가장 중요한 건 가르침을 받아야 할 스승의 존재인데, 그 스승에게 지불해야 할 수업료는 일반 평민이 감히 엄두도 내지 못할 정도의 큰 액수였다.

"아버지께서 몸이 편찮으셔서 제가 대신 생활비를 벌어야 했거든요. 그래서 처음에는 치료사가 되는 게 어떻겠냐는 영주님의 권유에 못하겠다고 했었습니다."

"그런 일이 있었군요."

"네, 그런데 어찌 아셨는지 저희 집에 생활비를 보내주시고는 그러시더라고요. 앞으로는 그런 걱정 하지 말고 치료사가 되는 것에만 집중하라고. 저는 운이 참 좋은 편이에요. 영주님처럼 훌륭하신 분을 만난 덕분에 편하게 하고 싶은 일을 하고 있으니까요. 힘 같은 건 전혀 들지 않는답니다."

매들린의 신분이 본래 성의 하녀였다는 건 비앙카도 알고 있었다. 리안의 도움이 있었을 거라고 내심 짐작은 하고 있었지만, 직접 그녀에게서 사정을 들으니 역시란 생각이 들었다.

"제가 주제넘게 말이 많았네요. 죄송합니다."

영주님에 대한 얘기만 나오면 항상 이런 식이었다. 귀족인 비앙카를 앞에 두고 자신이 너무 감상에 빠져 있었음을 깨닫고 매들린이 황급히 머리를 조아렸다.

"난 괜찮으니깐 얼굴 드세요. 감사 인사도 인사지만, 이렇게 이야기를 나누고 싶어서 매들린을 부른 거랍니다. 제가 보지 못했던 오빠의 모습을 듣고 싶었어요."

"너무 긴장하지 말아요. 우리 아가씨 그렇게 무서운 분 아니니까. 이거 마시면서 천천히 놀다 가요."

친근한 미소를 지으며 다가온 진의 손에는 모락모락 김이 오르는 차 두 잔이 들려 있었다.

"감사합니다."

오빠에 대한 얘기를 듣고 싶다는 비앙카의 청을 매들린은 차마 거절하지 못했다. 그녀가 불편함을 감수하며 천천히 차를 들었다.

"5년 전 그때는 오빠가 역모로 쫓길 때인데, 그런 사람을 치료하면서 무섭지는 않았나요?"

"처음에는 그런 분인 줄도 몰랐는걸요. 며칠 뒤에 알게 되긴 했지만 영주님을 믿었습니다. 라키아 님이 정말로 죄인이셨다면 영주님께서 돕지 않았을 거라고요."

"하긴, 칼리스타 백작님이라면 믿을 만하죠. 오빠를 구해준 분이 백작님이라서 정말 다행이에요."

리안을 떠올리자 비앙카의 얼굴에 저절로 미소가 피어올랐다. 그건 매들린도 마찬가지인 듯 그녀가 비앙카를 보며 처음으로 미소를 지었다.

"우와, 그렇게 웃으니까 너무 아름다워요."

"네?"

"웃을 때 예쁘다는 말 많이 듣죠?"

"아니요, 제가 무슨……."

비앙카의 칭찬에 쑥스러운 듯 매들린이 볼을 붉히며 손으로 입을 가렸다.

"앞으로도 계속 그렇게 웃어주세요. 난 매들린과 친하게 지내고 싶어요."

"아가씨, 저는 그저 치료사일 뿐입니다. 제가 어찌 아가씨 같은 분과 친해질 수 있겠어요."

"매들린이 어때서요. 매들린은 나에게 하나뿐인 가족을 구해준 은인이나 다름없어요. 앞으로 자주자주 부를 테니 꼭 와주기에요. 알았죠?"

"하지만……."

"오지 않으면 내가 매일매일 귀찮게 할지도 몰라요. 그래도 되겠어요?"

비앙카의 귀여운 협박에 매들린은 자신도 모르게 픽 웃음을 터뜨렸다. 그러자 비앙카가 검지로 매들린을 가리키며 반색했다.

"방금 웃었죠? 그건 알겠다는 뜻?"

"네, 아가씨. 그럴게요."

매들린은 결국 항복하며 고개를 주억거렸다. 비앙카가 박수를 치며 환호했다.

"고마워요. 사실 거절당하면 어쩌나 조마조마했거든요."

"아가씨께서 불러주시면 저야말로 영광인걸요."

"그렇게 말해주니 더 고마운데요?"

한쪽 눈을 찡긋하며 대답하는 모습이 무척 사랑스러웠다. 어린 나이에 가족을 잃고도 이처럼 밝은 성품을 유지하는 비앙카가 매들린은 대단하게 느껴졌다.

차가운 성격의 라키아와는 많이 다른 듯 보이지만, 활짝 웃을 때 입가에 파이는 주름 모양이 영락없이 똑같았다.

"웃을 때 아름다운 건 제가 아니라 아가씨인 것 같습니다. 라키아 님도 미소 짓는 모습이 참 멋지신데, 평소에는 너무 안 웃으셔서 아쉬워요."

"오빠가 웃는 걸 봤어요?"

무뚝뚝한 오빠가 매들린 앞에서 웃음을 보였다니 비앙카는 믿을 수가 없었다.

"네, 많지는 않지만요."

"오빠가 매들린을 많이 아끼는 모양이에요. 원래 남들 앞에서 절대 안 웃거든요. 예전에는 별명이 얼음기사였어요. 근처만 가도 냉기에 몸이 얼어붙을 것 같다고 다들 피해 다녔죠. 물론 나한테는 안 그랬지만. 헤에."

오빠의 과거를 폭로(?)했다는 사실에 약간의 미안함을 느끼며 비앙카가 배시시 웃었다.

"라키아 님의 별명이 얼음기사셨군요. 왠지 너무 잘 어울리는데요?"

"그러게요. 진짜 딱 맞는 별명이네요. 얼음기사라니. 후후."

공감이 간 듯, 잠자코 대화를 듣고만 있던 진이 피식거리며 동참했다. 매들린이 이전보다 한결 부드러워진 음색으로 웃으며 말했다.

"그런데 얼음기사가 아닐 때도 종종 있으세요."

"그건 무슨 뜻인가요?"

"저희 영주님과 계실 때 라키아 님의 얼굴 보신 적 없으세요?"

"아!"

비앙카와 진은 그 즉시 이해했다. 처음에는 별로 인식을 못 했지만, 재회의 기쁨을 누리고 차츰 적응을 해갈수록 달라진 오빠의 모습을 발견할 수 있었다.

사실 비앙카는 나름의 걱정을 했었다. 복수할 날을 꿈꾸며 5년을 숨어 살았을 자신의 오빠가 예전보다 더 차가워졌으면 어쩌나 하고.

하지만 그건 괜한 기우였다. 일견하기에는 여전히 냉정하고 싸늘한 느낌이지만 리안과 함께 있을 때는 달랐다.

냉담한 말투에는 전과는 다른 다정함이 배어 있었고, 표정에서는 언뜻언뜻 온화함이 묻어났다.

무엇보다 웃는 모습을 자주 볼 수 있어 좋았다. 언제 한 번은 크게 웃는 오빠의 웃음소리가 듣기 좋아서 일부러 다가가지 않고 보고만 있은 적도 있었다.

"하녀들 사이에서 영주님의 인기가 최고이긴 하지만 라키아 님도 만만치 않으세요. 냉엄한 분위기 때문에 가까이 가지 못해서 그렇지, 라키아 님이 미소를 짓기라도 하면 다들 멀리서 비명을 지르고 난리도 아니에요."

"정말요?"

"네에."

매들린은 고개를 끄덕이며 말을 이었다.

"몇몇 하녀들은 영주님과 라키아 님을 지지하기도 해요."

"그건 또 무슨 소리죠?"

"다른 여자에게 뺏기느니 차라리 그게 낫다면서, 아예 두 분이서 사귀라고 말이에요."

"네에에에?"

비앙카와 진이 동시에 비명을 터뜨렸다. 매들린은 웃으며 얼른 덧붙였다.

"물론 진심은 아닐 겁니다. 그 정도로 인기가 많다는 뜻이니 너무 심각하게는 생각하지 마세요."

다소 황당하긴 하나 비앙카는 아주 이해가 안 가는 건 아니었다. 정말 괜찮은 여자가 아닌 이상 자신도 오빠를 내어주기는 싫었다.

"제가 봐도 함께 계신 모습을 보면 너무 잘 어울리세요. 그림 같잖아요."

"훤칠한 두 미남자가 같이 서 있으면 그렇긴 하죠."

진이 같은 생각이라는 듯 차를 홀짝이며 빙그레 미소를 지었다. 아무 말 안 했지만 비앙카도 부정하지는 않았다. 그림 같다는 말에는 그녀도 찬성이었다.

\*      \*      \*

"지금 뭐라고 하셨습니까?"

서류를 넘기던 리안의 손길이 공중에서 멈췄다. 이제껏 듣지 못한 냉랭한 음성에 엘은 괜스레 가슴이 떨렸다. 그녀가 심호흡하며 다시 보고했다.

"며칠 후 레베카 양이 도착할 것 같다고 말씀드렸습니다."

"무슨 일로 말입니까?"

"그건 저도 잘 모르겠습니다. 다만 짐작하기로 혼인첩 때문이 아닌가 생각합니다."

"혼인첩이라면 거절한 거 아니었나?"

어이없어 하는 라키아의 물음에 엘이 리안의 눈치를 살피며 대답했다.

"네, 거절한 게 맞습니다."

"그런데 여기는 왜 온다는 거야? 설마 다시 애원이라도 하겠다는 거야?"

"그렇다기보다 궁금해서가 아닐까요?"

"궁금하다니?"

"혼인첩을 거절한 이유 말입니다. 확실하고 분명한 것을 좋아하는 성격이니 거절당한 이유를 듣고 싶어 할 것 같습니다."

"하아, 웃기는 노릇이군."

라키아는 혀를 끌끌 찼다. 엘의 말대로라면 레베카란 여자는 천하의 바보였다.

이미 답은 나오지 않았는가. 좋게 말하면 인연이 아닌 것이고, 솔직하게 말하면 마음에 없으니 거절을 한 것이다.

그 당연한 것을 굳이 확인까지 하러 오겠다니 이 얼마나 웃기는 상황인가.

"돌려보낼 수는 없겠습니까?"

작금의 사태가 정말로 짜증난다는 듯 리안이 인상을 굳힌 채 엘에게 물었다. 하지만 그럴 수 없다는 건 리안이 더 잘 알았다.

공작의 하나뿐인 외손녀를 엘이 무슨 수로 돌려보낸단 말인가. 아마 공작이 직접 와도 말리지 못할 것이다.

"이곳에 온 보람이 없네요."

리안은 한숨을 내쉬며 탄식했다.

"그래, 아주 귀찮게 되었다."

잔뜩 화가 났을 공작을 떠올리니 라키아는 냉소가 지어졌다.

"황도는 좀 어떤가요? 아직도 많이 시끄러운가요?"

"백작님께서도 아시다시피 그날 찾아온 손님 덕분에 감출 새도 없이 소문이 번졌습니다. 오필리아 양과 마틸다 양은 결코 입이 무거운 편이 아니라서요."

엘은 그녀들이 리안에게 사심이 있다는 말까지는 하지 않았다. 거절당한 레베카의 사연을 파티마다 참석해 가며 아주 통쾌하게 떠들어대던 그녀들이 공작의 제재로 지금은 두문불출하고 있다는 것도 말이다.

"타운젠드 공작이 부디 이성을 잃지 않았으면 좋겠군요."

"주시하고 있겠습니다."

안 그래도 요즘 심기가 불편한 공작이었다. 자신의 문제로 괜한 분란을 야기하는 건 아닐지 리안은 내심 걱정스러웠다.

**리안, 거기 있어?**

"아사?"

갑자기 머릿속에서 아사의 음성이 울린 것은 리안이 레베카의 처리를 고민하고 있을 때였다.

"뜬금없이 그 녀석은 왜 찾아?"

차이가 돌아봤고, 라키아가 이마를 찌푸리며 의아한 표정을 지었다.

리안은 오른손으로 귀에 차고 있는 헤이어달의 의지를 가리킨 뒤, 다시 입으로 가져가 조용하라는 신호를 보냈다.

**응, 아사. 나 여기 있어. 어떻게 된 거야? 왜 지금까지 연락을 안 했어? 며칠째인지 알아?**

리안은 화가 난 목소리로 빠르게 쏟아냈다.

**미안, 미안해. 화 많이 났어?**

**당연하지! 얼마나 걱정했다고. 아무 일 없는 거지?**

**그럼, 난 괜찮아. 아직 묘인국에 들어서지도 않은걸.**

"잘 있답니다."

아사의 말을 놓치지 않기 위해 리안은 귀에서 손을 떼지 않은 채 모두에게 말했다. 그러자 엘이 작은 안도의 한숨을 내쉬며 기도하듯 눈을 감았다. 반면 라키아는 불만에 찬 눈빛으로 투덜거렸다.

"내가 그럴 거라고 했잖아. 근데 그 녀석은 지금껏 뭐하다가 이제야 연락하는 거야?"

"나도 모르겠어. 잠깐만."

아사의 말이 다시 들려오고 있었다.

**리안은 잘 지냈어?**

**나야 항상 잘 지내지. 류지와 미하는 어때? 같이 간 라파스 씨는? 다들 궁금해 해.**

**둘 다 잘 있어. 좀 시끄럽지만 천 쪼가리도 무사하고.**

**천 쪼가리?**

아사만의 독특한 작명 센스가 다시 한 번 빛을 발했음을 리안은 직감했다.

**응, 왜 그런 천 쪼가리를 이마에 두르고 있는지 몰라. 내가 터번을 하나 줬는데도 싫대. 말꼬랑지 닮아서 아주 고집이 센 것 같아.**

**아사, 그건 라파스 씨의 개인적인 취향이야. 그런 걸로 함부로 말하면 안 돼.**

**처음에만 그랬지 지금은 안 그래. 아니, 내가 말할 기회조차 없어. 얼마나 말이 많은지 시끄러워 죽겠다니까.**

**시끄럽다고?**

리안은 의아한 눈길로 차이를 흘깃거렸다. 그가 본 라파스에 대한 첫인상은 그런 쪽과는 거리가 꽤 멀었기 때문이다. 차이를 닮았다고 지금껏 생각하고 있었는데, 아사가 시끄럽다고 말할 정도라니 도무지 상상이 안 갔다.

**옆에서 쉬지 않고 어찌나 물어보는지 귀가 다 아파. 귀 안에 딱지가 생길 정도야.**

그런 걸로는 딱지 안 생기니까 걱정하지 마.

치, 리안, 그거 나 놀리는 거지?

아니.

지금쯤 입술을 뽀로통하게 내밀고 있을 아사를 떠올리니 리안은 입가에 미소가 지어졌다.

아아, 역시 내 생각이 맞았어.

생각? 무슨 생각?

리안 목소리를 들으니까 돌아가고 싶어지잖아. 나 사실 그래서 연락할 수가 없었거든. 굳게 다짐한 마음이 약해질까 봐.

아사…….

녀석의 힘없는 말투가 리안의 가슴을 아리게 했다. 곁에 있었다면 안아주기라도 했을 텐데, 홀로 떠나보낸 것에 다시금 후회가 든다.

그래도 걱정하지 마. 리안과 약속한 건 꼭 지킬 거니까.

정말이지?

그럼! 내가 제일 싫어하는 게 거짓말이라고 했잖아.

그래, 믿을게.

배신한 형 때문에 거짓말이라면 치를 떠는 아사다.

'아신.'

녀석의 형을 떠올리며 리안은 주먹을 말아 쥐었다.

"무슨 일이야?"

줄곧 리안을 지켜보고 있던 라키아가 그 모습을 놓치지 않고 사납게 눈을 치켜떴다. 아무 일 아니라는 듯 리안이 고개를 저었지만 그의 얼굴에서는 의심이 쉽게 걷히지 않았다.

**흰머리랑 말꼬랑지는 옆에 있어?**

**응, 엘도 있어.**

**좋겠다. 다 같이 있어서. 갑자기 부럽네.**

**그럴 것 없어. 며칠 있으면 라키도 떠나야 하는걸.**

**흰머리 어디 가?**

**폐하께서 심부름을 시키셨어. 그래서 가야 해.**

국경 수비대를 두 배로 늘리자는 황제의 안건은 결과적으로 통과가 되었다. 십오만의 병사가 십만으로 줄기는 했지만, 타운젠드 공작과 맥카시 공작은 각각 오만의 병사를 내놓는 것에 합의했다.

고작 그 정도 인원을 차출했다고 해서 공작들이 휘청거릴 거라고 생각하지는 않지만, 사병을 줄이겠다는 애초의 목적은 그것으로 어느 정도 달성한 셈이었다.

끝까지 그럴 수 없다고 고집을 피우던 공작들이 마음을 돌린 건, 아리아드나 왕국과 플라헤티 왕국의 교류 소식이 계속 전해지자 불안감을 느낀 귀족들이 하나둘 황제의 손을 들면서부터였다.

자신들의 병력을 내줘야 하는 것도 아니었고, 공작들의 세력을 줄일 수 있는 절호의 기회였기 때문에 귀족들로서도 아쉬울 게 없는 선택이었던 것이다.

눈치를 보느라 열정적으로 드러내놓고 황제의 편을 드는 자는 없었지만, 시간이 지날수록 황제의 안건에 반대하는 목소리는 점점 사그라졌다.

심부름이란, 바로 그 십만의 병사가 제대로 충원되는지 가서 확인하고 오라는 황제의 명이었다. 그리고 그날은 '드래곤 기사단'이 공식적으로 첫 출정하는 날이었다.

사족이지만, 귀족들의 세금을 소득별로 거두자는 안건은 국경 수비대가 정비되는 대로 다시 토의하기로 잠정 보류된 상태였다.

**잠깐, 흰머리가 떠나면 말꼬랑지는? 말꼬랑지는 계속 리안 옆에 있는 건가?**

**차이는 내 호위기사니까 아마도 그렇겠지? 근데 그건 왜?**

리안은 아사의 대답을 듣지 못했다. 대신 머릿속을 울린 건 떠나갈 듯한 아사의 비명소리였다.

**아아아아악!**

**아사! 무슨 일이야? 넘어졌어? 다치기라도 한 거야?**

리안은 깜짝 놀라 앉은 자리에서 벌떡 일어섰다.

"뭐야, 또?"

라키아가 눈매를 모으며 같이 일어났지만, 리안에게는 그의 음성이 들리지 않았다. 리안의 온 신경은 아사에게로 쏠려있었다.

**이건 정말 불공평해! 이럴 순 없다고!**

불공평하다니, 무슨 소리야? 어디 다친 거 아니야?

말꼬랑지가 리안을 독차지 하게 생겼잖아! 말꼬랑지 따위를 부러워할 일이 생기다니! 이건 음모야!

'차이가 나를 뭐 한다고?'

아사의 어이없는 발언에 리안은 순간 웃음이 튀어나왔다.

"이제는 웃냐?"

그런 둘의 대화를 알 리 없는 라키아는 방금 전까지 심각하던 리안이 싱글거리자 그저 기가 막혔다. 그가 고개를 저으며 다시 자리에 앉았다.

흰머리 자식은 아무튼 나에게 도움이 안 돼!

음모의 희생양(?)이 된 아사는 괜한 라키아에게 화풀이를 해댔다.

리안, 나 이제 그만 가야겠어. 류지가 얼른 오래. 잠시 휴식을 취하는 중이었거든.

그래, 어서 가. 식사 거르지 말고.

걱정하지 마. 아주 잘 먹고 있으니까. 나중에 또 말 걸게. 잘 있어, 리안.

응, 아사. 조심해.

"이제 끝난 거냐?"

리안이 귀에서 손을 떼자 기다렸다는 듯 라키아가 물었다. 리안은 머리를 끄덕이며 아사와 나눈 대화를 적당히 간추려서 말해주었다.

"차이, 라파스 씨도 잘 있대. 근데 차이와 달리 말이 되게 많은 모양이야."

"그 녀석이 조금 그런 편입니다."

"아사가 시끄럽다고 난리야."

"아무렴 자기보다 더하려고. 하여튼 되다 만 고양이, 그 녀석은 엄살이 심해."

못 마땅하다는 듯 말하고 있지만 라키아의 얼굴에는 안도의 기색이 피어 있었다

대체 언제쯤 솔직할 수 있을까. 리안은 피식 웃으며 엘에게로 시선을 돌렸다.

"엘, 라키에게 정보원을 몇 명 붙였으면 좋겠는데 가능할까요?"

"물론입니다. 적당한 수하들로 이미 선별해 놓았습니다."

"역시 빠르네요."

엘은 집사인 알만과 비슷한 점이 많았다. 똑 부러지는 일처리 솜씨나 부지런함 등 열거하자면 많지만, 그중 리안이 가장 높이 사는 건 지금처럼 말하기도 전에 알아서 준비해 놓는다는 점이었다.

"증강된 병사를 확인만 하면 된다지만 꽤 긴 여정이 될 것입니다. 정보 소통의 신속함을 위한 당연한 결정이었습니다."

"당분간 라키에 대한 소식은 엘에게 제일 먼저 전해 듣겠군요. 잘 부탁합니다."

"나까지 가면 너 안 심심하겠냐?"

차이가 옆에 있다지만 라키아는 왠지 안심이 되질 않았다. 며칠 전부터 계속 찜찜한 게 어쩐지 예감이 좋지 않다. 5년 전 그날에도 이런 기분이었다. 그래선지 불안하다.

"글쎄. 심심하지는 않겠지만 조금 쓸쓸하기는 할 것 같아."

"폐하께 말씀드려서 나랑 같이 가는 건 어때?"

"나 그렇게 한가한 사람 아니거든."

매일같이 열심히 일을 해도 리안에게는 항상 해야 할 일이 산더미였다. 칼리스타 뱅크와 상단, 바다향기 등 사업과 관련된 업무는 물론, 폐하를 대신해서 귀족들도 만나야 했고, 요즘은 틈틈이 비앙카와 함께 영지도 돌아봐야 했다. 게다가 이제는 손님까지 올 예정이지 않은가.

"하아."

레베카를 떠올리니 자동으로 머리가 욱신거렸다. 리안에게 이번 일은 될 수 있으면 맞닥뜨리지 않고 조용히 처리하고 싶은 문제였다.

그런데 당사자가 자신을 꼭 보겠다고 오고 있으니 답답한 한편 불쾌하기도 하다. 만나면 무슨 말을 어떻게 해야 그녀의 기분을 상하지 않고 돌려보낼 수 있을지 막막한 마음도 들었다.

"그 손녀딸 때문에 그러냐?"

끄덕.

"그게 무슨 큰 문제라고 한숨까지 쉬고 그래? 그냥 네 방식

대로 해."

"내 방식?"

"침착하고 차분한 말투로 상대를 이해시키는 거. 너 그거 잘하잖아."

"내가?"

"그래, 가끔 얼굴색 하나 변하지 않고 상대방을 몰아붙일 때면 다른 사람 같기도 하지."

온유하고 따듯한 품성을 지녔지만 리안도 무섭고 모질게 굴 때가 있었다.

"이유가 듣고 싶어서 온다잖아. 그럼 말해주고 보내버려."

"순순히 돌아갈까?"

"이해하면 가겠지. 설마 공작의 손녀딸이 난동이라도 부리겠어?"

레베카에 대해 잘은 몰라도 외관상 난동을 부릴 이미지는 아니었다. 자존심이라는 게 있다면 그럴 수 없었다.

"어제도 말했지만 아무리 바빠도 보웬 남작은 신경 써서 감시해라. 비앙카를 빨리 시집이라도 보내야지 원, 그 양반 때문에 돌아버리겠다. 어떻게 포기를 몰라?"

안 그래도 심란한 머릿속 생각해봤자 골치만 아플 것이다. 리안을 위해 라키아는 일부러 화제를 돌렸다.

"보웬 남작이 그렇게 싫어?"

"그럼 넌 좋으냐?"

"나쁜 사람은 아니니까."

어깨를 으쓱이는 리안을 라키아가 한심한 눈길로 쳐다봤다.

"넌 너무 사람이 좋아서 탈이야."

"맞습니다."

"으잉?"

불쑥 끼어드는 목소리에 라키아가 인상을 쓰며 고개를 돌렸다.

음성의 주인공은 엘이었다. 그녀가 전적으로 동의한다는 듯 머리까지 주억이고 있었다.

이제껏 질문에 답하는 경우가 아니라면 먼저 말하는 법이 없던 그녀다. 리안과 라키아는 물론이고 묵묵히 자리를 지키고 있던 차이까지 호기심어린 눈동자로 엘을 바라봤다.

"아, 죄송합니다."

시선이 몰리고서야 엘은 실수를 했음을 깨달았다. 자신이 탐탁지 않게 여기는 남작을 리안이 또다시 편을 들자 그만 자기도 모르게 말이 튀어나갔다.

"대화를 방해해서 정말 죄송합니다."

엘은 거듭 사과했다.

"아니, 아니. 난 괜찮아. 그러니깐 에나벨도 보웬 남작이 마음에 안 든다는 거지?"

"……네."

생각지도 못한 조력자의 등장에 라키아의 얼굴이 환해졌다.

"거봐, 리안. 들었냐? 여자인 에나벨도 싫단다. 더 이상 내가 말 안 해도 알겠지? 감시 잘 해라!"

"알았어. 걱정 말고 다녀오기나 해."

리안에게서 확실한 다짐을 받아내고서야 라키아는 몸을 일으켰다.

"가려고?"

"어, 마지막 훈련이 있어."

기사단의 첫 출정을 앞두고 라키아는 막바지 점검에 들어갔었다. 오늘은 그 점검의 마침표를 찍는 날이었다. 무사히 훈련이 끝나면 단원들은 각자 집으로 돌아가 가족과 오붓한 시간을 보낸 뒤 라키아와 함께 먼 길을 떠날 예정이었다.

바야흐로 전 대륙에 드래곤 기사단의 이름을 알릴 때가 도래한 것이다.

"나도 잘 부탁해, 라키."

"뭐를?"

"기사단 말이야. 처음이라서 다들 긴장되고 떨릴 거야. 라키가 잘 이끌어줘."

"너 지금 그걸 말이라고 하는 거냐?"

황당하다는 듯 라키아가 잠시 허공을 보고 헛기침을 하더니, 허리를 숙여 리안에게로 가까이 얼굴을 드밀었다.

"나 단장이거든? 엉?"

"알아, 그래서 든든해."

리안이 몸을 뒤로 물렸지만 소파에 막혀 얼마 가지 못했다. 게다가 리안이 후퇴한 만큼 라키아도 움직였기에 리안은 소파와 라키아의 사이에 낀 꼴이 되고 말았다.

어색하게 웃는 리안을 보며 라키아가 경고했다.

"너나 정신 챙기고 비앙카 잘 지켜. 난 금방 돌아올 테니까. 알겠냐?"

"으응."

"그럼 간다."

딱!

라키아가 이마로 리안의 이마를 톡 치고는 일어나 입구를 향해 걸어갔다. 그러던 그가 잠시 문 앞에서 멈춰 서더니 돌아보지 않은 채 말했다.

"후작님만 믿고 갑니다."

"……."

차이의 대답은 없었지만 라키아는 개의치 않고 그대로 문을 열고 밖으로 나갔다. 그리고 나흘 후, 라키아는 떠났다.

제5화

어긋난 연인

번쩍!

방금 전까지만 해도 화창하던 하늘에서 갑자기 번개가 치더니 우수수 소낙비가 쏟아졌다. 글렌이 깜짝 놀라 고개를 들어보니 어느덧 먹구름이 잔뜩 몰려와 있었다.

"변덕쟁이 날씨로군."

이마를 찌푸리며 투덜거렸지만 그의 눈은 웃고 있었다. 그가 망토를 벗어 우산처럼 쓰고는 앞을 향해 달려갔다.

타다닥.

빗살을 헤치고 그렇게 얼마쯤 뛰었을까. 울창한 나무숲 사이로 정자 한 채가 모습을 드러냈다. 그 안에는 그가 그토록 보고 싶었던 여인이 등을 보인 채 서 있었다.
글렌의 입가에 미소가 어렸다. 자신이 왔을 거라고는 꿈에도 모를 연인을 생각하니 재미있는 한편 묘한 기대감이 생겼다.
첫마디가 무엇일까?
그것이 무엇이든 그녀를 힘껏 안아주겠노라 다짐하며 그가 발을 내딛었다.
빗소리 때문인지 그녀는 인기척을 듣지 못한 듯했다. 글렌이 계단을 지나 정자에 오를 때까지, 그녀의 시선은 줄곧 같은 곳을 바라보고 있었다.
글렌은 조용히 망토를 벗고 기둥에 몸을 기댔다. 마음 같아서는 당장에 자신의 존재를 알리고 싶었으나, 연인의 사색을 방해하고 싶지도 않았다.
솨아아—
그녀의 긴 머리칼이 바람에 흩날렸다. 글렌은 손을 뻗어 그녀의 부드러운 머릿결을 만지고 싶은 충동을 억눌렀다. 자신의 입술에 닿던 그녀의 촉감 또한 떠올리지 않으려고 애썼다.
두 달이 넘도록 참아왔는데 이까짓 잠시쯤이야 얼마든지 견딜 수 있었다.
'소식을 전하면 기뻐하겠지?'
그 상상만으로 글렌은 가슴이 설레었다. 그녀가 환호하는 장면을 어서 빨리 보고 싶었다.
툭.

이벨라가 기적을 느낀 것은 그로부터 꽤 시간이 흐른 뒤였다. 물에 젖은 글렌의 망토가 무거움을 이기지 못하고 바닥으로 떨어지면서 묵직한 소음을 만들었다. 그녀가 천천히 뒤를 향해 돌아섰다.

"안녕."

글렌은 싱긋 웃으며 연인에게 인사했다. 잠시 놀라는 듯했지만 그녀도 곧 그를 향해 미소를 지었다.

글렌이 입술을 삐쭉 내밀었다.

"그게 다야?"

"......?"

"난 당신이 날 보면 반가워서 달려와 안길 줄 알았어. 근데 이게 다라니 너무 서운한걸?"

글렌의 볼멘소리에도 이벨라는 그저 웃고만 있었다. 기대와는 전혀 다른 반응이었지만, 그는 괘념치 않고 그녀에게 걸어갔다.

"라우리아도 없이 여기까지 혼자 오면 어떡해. 비도 내리는데. 이러다 감기 들겠다."

가까이에서 본 이벨라의 얼굴에는 핏기가 하나도 없었다. 걱정스러움에 볼을 만져보니 으스스한 한기가 손을 타고 전해졌다.

"몸이 왜 이렇게 차? 언제부터 이러고 있었어?"

글렌은 깜짝 놀라 그녀를 품으로 끌어당겼다. 그리고 천천히 연인의 등을 쓰다듬었다.

"앞으로 이런 데 혼자 오고 그러지 마. 걱정 돼."

"……별로 오래 안 됐어요."

"오래 안 되기는. 목소리가 꽉 잠긴걸."

"당신이야말로 수행원도 없이 어쩐 일이세요. 이 비를 다 맞고 오신 거예요?"

"저택에 갔더니 여기 있대서. 혼자 갔다기에 둘이 있고 싶어서 나도 혼자 온 건데, 지금 후회하는 중이야. 크흑."

"풋."

글렌의 장난 섞인 음성에 이벨라가 웃음을 터뜨렸다. 그녀를 안은 채 글렌이 말했다.

"좋은 소식이 있어."

"소식이요?"

"응, 아버지께서 허락하셨어. 벨라를 만나보고 싶어 하셔."

글렌은 신이 나서 말을 이었다.

"교제하는 여인이 있다니깐 처음에는 좀 놀라시더군. 솔직하게 말하면, 반대를 좀 하시기도 했어. 하지만 결국 내 감정을 존중해주시기로 하셨지. 벨라가 어떤 여자일지 궁금하시대. 언제 갈까?"

"……."

"걱정하지 마. 우리 아버지, 남들이 말하는 것처럼 무서운 분 아니야. 어려워할 것 없어. 누이의 결혼도 처음에는 반대를 하셨지만 결국 고집대로 하게 해주셨어. 지금은 매형에게 얼마나 잘 해주시는데. 벨라도 분명 예뻐하실 거야."

연인과의 미래를 생각하자 글렌은 세상을 다 가진 듯한 기분이었다. 그가 빙그레 웃으며 그녀를 더욱 세게 끌어안았다.

"벨라?"

갑자기 파르르 떨림이 느껴진 것은 그때였다. 글렌이 한 걸음 뒤로 물러나 걱정스러운 눈으로 그녀의 얼굴을 살폈다.

"정말 감기라도 온 거야? 왜 그렇게 떨어?"

그의 시선이 잠시 정자 밖으로 향했다. 빗줄기가 아까보다 거세진 것이, 당장 그칠 것 같지는 않았다.

"안 되겠어. 내 망토라도 걸쳐야지."

글렌은 기둥으로 걸어가 떨어진 망토를 주워들었다. 겉은 젖었지만 옷감이 두터워서 안쪽은 아직 온전했다. 잠깐의 추위 정도는 막을 수 있으리라.

"우리 헤어져요."

"응?"

글렌이 한 손에 망토를 든 채 돌아섰다. 목소리가 작지는 않았지만 그는 자신이 확실히 잘못 들었다고 생각하는 중이었다. 헤어지자니. 말이 안 되지 않은가?

황당함에 피식 웃음이 지어졌다. 하지만 미소가 걷히는 것은 순식간이었다.

"못 들었어요? 그만 만나자고요."

"벨라, 갑자기 무슨 소리야? 그만 만나자니? 우리가 왜?"

"왜라니요. 젊은 남녀가 만났다가 맘이 안 맞으면 헤어질 수도 있는 거잖아요."

"……!"

"미안하다는 말은 안 할게요. 당신도 나도 즐거웠으니까."

"즐거…… 웠다고?"

글렌의 안면이 싸늘하게 굳었다. 그가 넋 나간 사람처럼 멍하니 이벨라를 바라봤다.

"네, 난 즐거웠어요. 당신은 아니었나요?"

긴 속눈썹을 깜박이며 묻는 그녀의 표정은 정말로 몰랐다는 듯 천연덕스러웠다.

"난 당신도 그런 줄 알았는데 아니라니 아쉽네요."

그녀가 유감이라는 듯 어깨를 으쓱였다. 글렌이 눈빛을 가라앉히며 경고했다.

"벨라, 장난이라면 그만해. 아무리 당신이라도 그 이상은 용납할 수 없어. 거기까지야."

"장난 아니에요. 당신, 내가 언제 이런 장난치는 거 봤어요? 난 지금 진심으로 말하고 있는 거예요."

"진심? 두 달 전 바로 이곳에서 날 사랑한다고 하더니, 지금은 그게 진심이라고?"

처억!

글렌이 화를 참지 못하고 들고 있던 망토를 바닥으로 내팽

개쳤다.

인내심의 고리가 삭둑 잘라졌다. 장난이라면 너무 심하고, 사실이라면 그녀를 가만두지 않을 작정이었다.

자신이 이따위 말 같지도 않은 말을 듣기 위해 그 고생을 하며 돌아왔단 말인가!

"갑자기 마음이 변한 이유가 뭐야? 다른 남자라도 그새 생겼나?"

"어떻게 알았어요?"

"……뭐?"

"나, 곧 결혼해요. 생각 같아선 당신에게 초대장을 주고 싶지만, 아마 싫어하겠죠?"

"지금 대체 무슨 소리를 하는 거야!"

급기야 글렌은 이성을 잃고 소리쳤다.

"누가 결혼을 해?"

그가 죽일 듯한 기세로 이벨라를 향해 걸어갔다.

"내 눈 똑바로 보고 말해. 마지막 기회야. 장난은 이쯤 해둬."

"장난 아니라고 말했을 텐데요."

글렌의 몸이 부르르 떨렸다. 턱을 바짝 치켜든 채 그를 올려다보는 이벨라의 얼굴은 이전과는 달랐다. 지난 두 달 동안 무슨 일이 있었는지는 몰라도, 그녀는 전혀 다른 사람이 되어 있었다.

"궁금하지 않아요? 내가 누구와 결혼하는지."

글렌의 두 눈은 마치 상처 입은 야생 동물 같았다. 그가 당장이라도 이벨라를 잡아먹을 것처럼 노려봤다.

"대 타운젠드 공작가의 후계자인 당신을 버리고 내가 택한 사람이 과연 누구일까요?"

글렌은 하마터면 이벨라의 목을 조를 뻔했다. 입가에 미소를 띤 채 물어오는 그녀의 얼굴이 너무 가증스러워서, 지독하게 아름다워서 그녀를 죽이고 싶었다.

"폐하에요."

"……?"

"앞으로 당신이 날 부를 땐 벨라가 아니라, 황후 마마라고 불러야 할 거예요. 알겠어요, 글렌?"

부드러운 음성으로 자신의 이름을 부르는 이벨라를, 글렌은 한동안 멍멍하게 쳐다봤다.

그것은 그에게 악몽이었다. 평생 잊을 수 없는 악몽.

그녀의 얼굴이 점점 흐릿해졌다. 그 흐릿함 속에 그녀의 하얀 피부가 울긋불긋하게 변해갔다.

그녀는 웃고 있었다. 두 눈을 희번덕거리며 입을 벌렸다. 빨간 입술이 끝 간 데 없이 벌어졌다.

알겠어요, 글렌?

혼탁한 시야에 다시 초점이 돌아왔다. 조롱 섞인 그녀의 음성과 함께 그의 눈앞에 나타난 건 한 마리 커다란 뱀이었다.

두껍고 징그러운 혓바닥을 날름거리며 뱀이 그에게로 다가왔다. 곧 거대한 아가리가 그를 삼켰다.


"허억!"

글렌은 비명을 지르며 잠에서 깨어났다. 싸한 한기가 그를 덮쳤다.

"젠장."

습관처럼 욕이 튀어나왔다. 벌써 며칠째 같은 꿈이다. 자는 동안 땀을 얼마나 흘렸는지 온몸이 꿉꿉했다.

글렌은 이불을 치우고 침대에서 내려섰다. 이런 날은 독한 술을 빌리지 않고선 다시 잠들기 어렵다. 그가 가운을 걸치고 서재로 향했다.

또르르.

서재에는 그가 즐겨 마시는 보드카가 항상 구비되어 있었다. 그가 유리잔에 술을 채우고 테라스 밖으로 나갔다. 겨울을 알리는 차가운 북풍이 그의 몸을 때렸다.

"하아."

목을 한껏 뒤로 젖히고 하늘을 올려다봤다. 무수한 별들이 쏟아질 것처럼 밤하늘을 수놓고 있었다.

"벨라……."

대체 언제쯤 그 이름을 잊을 수 있을까. 무성한 별들 사이로 그녀의 얼굴이 겹쳐졌다.

　"덕분에요."

　건강해 보인다는 그의 말에 그녀는 그렇게 답했었다.
　'하하, 덕분이라니.'
　다시 생각해도 참 우스운 말이다.
　글렌은 술잔을 쥐지 않은 손을 내려다봤다. 이 손에 닿던 그
녀의 감촉은 그로 하여금 잊고 싶은 기억을 떠오르게 했다.
　사랑보다 야망을 택한 여자.
　세월이 지났음에도 아직도 자신에게 영향을 미치는 그녀의
존재가 글렌은 미치도록 증오스러웠다. 그런 여자를 떨쳐내지
못하는 자신에게 또한 진절머리가 났다.
　팍―!
　손에 쥔 유리잔이 산산조각 나며 부서졌다. 붉은 핏방울이
그의 손을 타고 바닥으로 떨어졌지만 그는 상관하지 않았다.
이까짓 쓰라림 따위는 그에게 아무것도 아니었다.

　　　　　　　*　　　*　　　*

　"어머니, 무슨 생각을 그렇게 하세요?"
　함께 차를 마시자는 이벨라의 요청에 레지나는 손수 물을

끓이고 찻잎을 달였다. 이런저런 대화를 나누며 나름 화기애애하던 분위기가 달라진 것은 갑작스레 내린 비 때문이었다.

이벨라가 찻잔을 손에 든 채 하염없이 창밖을 바라봤다. 왠지 방해하면 안 될 것 같아 지금까지는 조용히 있었지만, 잠시후면 일어나야 할 시간이기에 레지나는 다시 한 번 어머니를 불렀다.

"어머니?"

다행히 이번에는 그녀의 목소리를 들은 듯 이벨라가 상념에서 깨어나며 고개를 돌렸다.

"어머, 미안하구나. 널 앞에 두고 딴 생각을 하다니⋯⋯."

"아니에요, 어머니. 전 괜찮습니다. 그런데 얼굴이 창백하세요. 혹시 추우세요?"

안 그래도 찬 날씨가 비로 인해 더 싸늘해질 조짐이었다. 레지나가 걱정스러움에 시녀에게 숄을 내오라 이르려는데 이벨라가 손을 저으며 만류했다.

"나는 괜찮다."

"감기라도 드시면 어쩌시려고요."

"너도 날 걱정해주는 것이냐?"

"네?"

"오늘 같이 비가 내리는 날이면 너처럼 내가 감기에 걸릴까봐 걱정해주던 사람이 있었단다."

희미하게 미소 짓는 이벨라의 얼굴은 왠지 슬퍼 보였다.

"그래선지 이런 날이면 그 사람이 항상 생각나는구나."

"혹시 그분이 전대 폐하이신가요?"

"폐하? 후홋, 그래. 폐하께서도 날 참 많이 아껴주셨지."

레지나의 고개가 한쪽으로 기울어졌다. 이벨라의 말에서 이상함을 느낀 탓이다. 폐하께서 '도' 라는 건 걱정해주던 분이 폐하가 아니라는 뜻이지 않은가.

> 혼인은 꼭 사랑하는 사람과 하십시오. 그래야 행복할 수 있습니다.

그 순간 왜 결혼 전 남편이 했던 말이 떠올랐을까?

어머니에게 다른 상대가 있었을지도 모를 거란 생각에 레지나의 심장이 요동쳤다. 느낌상 절대 여자는 아니었다.

"그런 표정 지을 것 없다. 부정(不貞) 같은 건 저지르지 않았으니까."

"어, 어머니!"

레지나는 깜짝 놀라 두 눈을 부릅떴다. 잠시 다른 생각을 한 건 사실이지만 그것을 부정으로까지 연결시키지는 않았다.

"저 그런 생각 하지 않았어요. 어머니께서 부정을 저지르셨을 리가 없잖아요!"

"왜 그렇게 생각하느냐?"

"예……?"

"내가 부정을 저지르지 않았다고 어떻게 장담하느냔 말이다. 날 믿는 것이냐?"

이벨라가 곧은 시선으로 레지나를 응시하며 물었다. 그 눈빛과 말투가 너무 진지해서 레지나는 순간 대답할 타이밍을 놓쳤다.

이벨라는 씁쓸하게 웃었다.

살아생전 남편에게 최선을 다하지 못한 것. 누군가에게 이미 마음을 주어버린 탓에 그렇게 된 것이지만, 그것도 부정이라면 부정일 것이다.

'글렌……'

옛 연인을 떠올리는 그녀의 얼굴이 고통으로 일그러졌다.


"건강해 보이는군."

그의 첫인사는 다정하지는 않았지만 조금의 염려가 담겨 있었다. 그래서 이벨라는 가슴이 뛰었다.

"덕분에요."

"훗, 덕분이라……."

글렌이 웃자 한쪽 볼에 깊은 보조개가 파였다. 그립던 그 모습에 이벨라의 눈빛이 흔들릴 때, 갑자기 그가 그녀를 향해 다가왔다. 그리고 추호의 망설임도 없이 그녀에게로 손을 뻗었다.

"당신은 여전하군요."

뺨에서 느껴지는 글렌의 손길을 무시하려고 애쓰며 이벨라가 담담히 말했다.

그는 예전처럼 거리낌이 없었다. 그녀가 황후가 되었을 때도, 황제의 어머니가 된 지금도 과감한 손길을 거두지 않았다. 달라진 점이라면 그녀를 향한 차가운 마음뿐.

"어디 그게 나만 그런가. 세월이 가도 당신의 미모는 변함없이 참 아름답군."

글렌의 입술이 비틀리듯 올라갔다. 동시에 그의 손이 천천히 아래쪽으로 움직였다.

볼을 지나 입술에서 잠시 멈췄다가 다시 턱을 거쳐 목으로 내려갔다. 드러난 그녀의 쇄골을 마치 귀중한 도자기라도 어루만지듯 조심스럽게 쓰다듬었다.

그런 그의 시선은 노골적으로 그녀의 드레스 속을 탐하고 있었다. 두 눈 또한 욕망으로 번들거렸다.

이벨라는 피하지 않았다. 그가 모멸감을 주기 위해 일부러 그런다는 것을 그녀는 알고 있었다. 어떤 반응이든 그것이 그가 원하는 것이었다.

"옛날부터 당신은 칭찬에 너그러운 편이었죠. 어쨌든 고마워요."

이벨라는 마음과 달리 그를 향해 생글생글 웃었다. 쇄골을 더듬던 그의 손이 일순 멈칫하는 것이 느껴졌다.

하지만 그건 아주 잠깐이었다. 이후로 그의 손길은 더욱 대담하게 그녀의 몸을 훑었다.

"아픈 건 이제 다 나았나?"

"날 걱정했나요?"

"당연히."

"뜻밖이네요. 당신이 날 다 걱정하다니."

"내가 아니면 걱정해줄 사람이 없는 건 당신일 텐데."

글렌이 비소를 짓는가 싶더니, 이내 실수했다는 듯 과장되게 고개를 끄덕이며 중얼거렸다.

"이런, 당신이 혼자라는 걸 굳이 상기시켜줄 필요까지는 없었나?"

이벨라의 안색이 순간 어두워졌지만 결코 미소를 잃지는 않았다.

"내가 왜 혼자겠어요. 당신도 알다시피 내겐 아들이 있고, 얼마 전에는 며늘아기도 보았답니다. 그러니 구태여 당신까지 내 걱정을 해줄 필요는 없어요. 고맙지만 사양할게요."

"사양한다면 어쩔 수 없지."

그가 갑자기 그녀에게서 손을 뗐다. 그의 손길이 닿았던 부분이 불에 덴 것처럼 뒤늦게 따끔거렸다.

"……당신은 어떤가요?"

이벨라의 물음에 그가 미간을 찌푸렸다. 순간적으로 그녀의 말을 이해하지 못한 탓이었다.

"아스완 양과 혼담이 오가고 있단 얘기는 들었어요. 그녀가 당신을 무척 좋아한다고 하던데."

"홋, 내 사생활에 관심이 있는 줄은 몰랐군."

"오해하지 말아요. 그런 건 관심이 없어도 듣게 되어 있으니까."

"그래?"

폐부를 뚫을 듯한 그의 눈빛에 이벨라는 재빨리 변명했다.

"당신은 잊고 사는 것 같지만 황태후인 나를 찾는 부인들은 많아요. 부인들의 관심사란 대개가 자식들의 혼사 문제죠. 당신, 인기 좋던데요?"

이벨라는 최대한 쾌활한 음성을 유지하려고 애썼다.

"자식이 한 명 있고 사별한 것이 흠이긴 하지만, 아직 젊고 유능한 데다 공작가의 후계자이니 일등 신랑감으로 손색이 없다. 이게 당신에 관한 그들의 평이에요."

"일등 신랑감으로 봐준다니, 그것 참 고맙군."

마치 남의 일인 양 글렌이 코웃음을 쳤다.

"아스완 양이라면 나도 몇 번 만나본 적이 있어요. 괜찮은 여자 같더군요."

"착한 아이지. 나이가 열아홉 살이나 많은 나를 남자로 보는 것만 뺀다면."

"남자라면 전부 어린 여자를 좋아하는 거 아니었나요?"

이벨라의 비아냥거림에 글렌이 수긍한다는 듯 눈썹을 올렸다가 내렸다.

"보통 그렇긴 하지. 하지만 갓난아기일 때부터 본 아이에게

키스 같은 걸 할 수는 없지 않겠어? 내 취향이라면 당신이 더 잘 알 텐데?"

그렇게 말하며 그가 은근한 시선으로 이벨라의 몸을 훑어내렸다. 어금니를 꽉 깨물며 이벨라는 반응하지 않기 위해 노력했다.

그녀가 알기로 그는 부인이 아들을 낳다가 사망한 이후로 이제껏 홀로 지내왔다. 부인이 남긴 아들 덕분에 지금은 버틸 수 있을지 몰라도, 다음 대 공작가를 이끌어야 할 그가 언제까지 혼자일 수는 없다. 차기 후계자인 그에게 아내가 없다는 것은 말도 안 되는 일이었다.

"반가운 소식 기대할게요."

"무슨 뜻이지?"

글렌의 눈초리가 까끄름하게 올라갔다.

"테오도르가 올해 여덟 살이 되지 않았나요?"

"그래서?"

"엄마가 필요할 나이죠."

"당신이야말로 별 걱정을 다 하는군. 내 아들은 어머니의 손에서 아주 잘 크고 있으니 괜한 염려는 사양하겠소."

"글렌, 난 당신이 행복했으면 좋겠어요."

"하하하, 행복?"

글렌이 기가 막힌다는 듯 크게 웃었다. 그가 어느 때보다 싸늘한 표정으로 그녀에게 물었다.

"당신이 내게 그런 말을 할 자격이 있는 사람이었나?"

"그 정도 자격은 있는 줄 알았는데, 아니었나요?"

"당신이란 여자의 뻔뻔함은 과연 대단하군. 하긴, 그래야 당신답기는 하지. 사랑을 버리고 야망을 택한 여자인데 어련하겠어."

글렌은 냉소를 지으며 이죽거렸다.

"그런데 당신도 참 운이 없어. 어렵게 올라간 자린데 뭔가를 얻기도 전에 무너져버렸으니 말이야. 아, 이제 보니 이제껏 화병 때문에 몸져누웠던 것인가?"

이벨라의 얼굴이 분노로 어그러졌다. 원치 않는 결혼 생활로 인해 스트레스를 받아 안 그래도 쇠약해진 몸이 더욱 악화된 건 그의 결혼 소식 때문이었다.

그에게 야망을 선택한 여자라는 인상을 심어준 게 자신이긴 하나, 이런 모욕은 참기 힘들었다. 한때 자신이 사랑했던, 지금도 그런 것 같은 이 남자는 여전히 아무것도 모르고 있었다. 그 사실이 그녀를 화나게 했다.

"말은 똑바로 해야죠. 야망을 택한 건 맞지만 난 사랑을 버리지 않았어요."

"그럼 사랑을 쟁취라도 하셨나?"

"애초에 사랑을 했어야 버리든가 말든…… 아앗!"

글렌이 으르렁거리며 그녀의 손목을 움켜잡았다. 그가 살기가 번득거리는 눈으로 씹어뱉듯 말했다.

"다시 한 번 말해봐. 뭐라고?"

"누가 말하라면 못할 줄…… 읍!"

이벨라의 말은 끝을 맺지 못했다. 글렌이 그녀의 입술을 삼킬 듯 덮쳐왔다. 두 팔로 완강히 거부하려 했지만 연약한 그녀의 힘으로는 그를 이길 수 없었다.

입술이 터졌는지 피 맛이 느껴졌다. 글렌은 마치 체벌을 하듯 거친 키스를 퍼부었다. 그러다 어느 순간 그녀를 강하게 뿌리쳤다.

"뚫린 입이라고 함부로 말했다간 어떻게 되는 줄 잘 알았겠지?"

"……!"

"각오하는 게 좋을 거야. 날 능멸한 대가는 치러야지. 안 그렇습니까, 황태후 마마? 당신 아들, 가만두지 않겠어!"

"내 아들은 건드리지 말아요. 화가 나면 나에게 분풀이를 하라고요!"

휘청거리는 몸을 간신히 지탱하며 이벨라가 소리쳤지만 글렌에게는 통하지 않았다. 그가 엄지손가락으로 그녀의 턱을 문지르며 속삭였다.

"아니, 당신에게 그럴 순 없지. 당신이 내게 어떤 존재인데…… 기대해도 좋아."

얼려버릴 듯한 눈빛으로 한 차례 이벨라를 쏘아본 뒤 글렌이 등을 돌렸다. 애원하는 그녀의 음성에도 불구하고 그는 냉정하게 앞만 보고 걸어갔다.


 '하아.'

 이벨라는 눈을 감은 채 신음했다.

 글렌은 변한 게 없었다. 20년이 넘는 세월이 흘렀건만 자신을 향한 그의 증오는 예전보다 더욱 심해진 듯하다.

 지금이라도 말하고 싶었다.

 당시에는 그럴 수밖에 없었다고. 그날의 결정을 뼈저리게 후회하지만, 다시 그때로 돌아간다고 해도 자신은 똑같을 수밖에 없다고.

 22년 전, 자신을 면전에 두고 공작이 뱉은 말은 아직도 그녀의 가슴에 비수가 되어 꽂혀 있었다.


 "글렌은 내 뒤를 이어 가문을 이끌 후계자다. 제 누이와는 달라! 너 따위가 감히 내 아들의 상대가 될 수 있다고 지금 말하는 것이냐?"

 "공작 전하, 저는 진심으로⋯⋯."

 "그놈의 사랑 타령이라면 시끄럽다! 네 가문이 망하는 것을 보고 싶지 않다면 잠자코 내가 시키는 대로 하는 게 좋을 것이다."

 "떠나라시면 떠나겠습니다. 이곳으로는 다시는 돌아오지 않겠습니다. 그러니 제발 다른 것은 강요하지 말아주세요."

 "내 아들을 사랑한다면서 그놈 성격을 몰라?"

"……?"

"포기를 모르는 그 성격은 내가 심어준 것이기도 하지. 그 녀석을 단념시키려면 그 수밖에 없어!"

"전 절대 그럴 수 없습니다. 그럴 바에는 차라리 죽음을 택하겠어요!"

"하핫, 네가 감히 주제넘게 내 앞에서 죽음을 논해? 어디 그래, 죽어 보거라. 네 아비와 어미 그리고 동생들이 천천히 그 뒤를 따라갈 테니."

"……!"

"조만간 글렌이 널 찾아가서 내 허락을 받았다고 할 것이다. 그때 네가 직접 네 입으로 전해. 그럴 수는 없다고. 넌 곧 황후가 될 몸이라고. 알겠느냐?"


생생한 기억에 이벨라의 몸이 떨렸다. 공작이 꼭 근처에서 자신을 지켜보고 있는 것만 같았다.

"어머니."

그때 살가운 음성이 그녀의 귀를 파고들었다. 어느새 다가왔는지 레지나가 바로 옆에서 걱정스러운 얼굴로 그녀를 바라보고 있었다.

따듯한 온기가 느껴져 시선을 내리니 자신의 손을 꼭 쥐고 있는 며느리의 두 손이 보였다. 마치 귀중한 보석이라도 되는 양 자신의 손을 소중히 감싸 쥐고 있는 모습에 이벨라는 괜스레 마음이 울컥했다.

사랑스러운 아이였다. 이런 아이가 아들 옆에 있다는 것이 그녀는 진심으로 고맙고 감사했다.

'글렌, 당신 뜻대로 되지는 않을 거예요.'

레지나의 손을 맞잡으며 이벨라는 다짐했다. 이번에는 자신도 가만히 있지는 않을 거라고. 하나뿐인 아들마저 그들이 멋대로 주무르게끔 놔둘 수는 없었다.

제6화

수면기

"엘, 들어와요."

안에서 들리는 상냥한 음성에 엘은 피식 웃으며 문을 열었
다. 노크도 하기 전에 방문객을 알아보는 리안의 솜씨는 역시
나 당해낼 재간이 없었다.

"어서 와요."

리안은 소파에 앉아 알만이 작성한 보고서를 읽던 중이었다.
반가운 표정으로 엘을 맞던 리안의 얼굴이 의아하게 변했다.

"……엘?"

아닌 게 아니라 그녀의 손에는 평소와 달리 둥근 쟁반이 들
려 있었다. 으레 있어야 할 서류 뭉치는 겨드랑이 사이에 낀

채였다.

"안녕히 주무셨어요?"

어색한 말투로 아침 인사를 건네며 엘이 안으로 들어왔다. 겨우 쟁반을 하나 들었을 뿐인데 그녀의 모습은 사뭇 위태로워 보였다. 부자연스러운 걸음걸이 때문에 움직일 때마다 쟁반에서 달가닥거리는 소리가 들렸다.

"웬 차예요?"

"아래층에서 알만 집사님과 마주쳤습니다. 백작님께 드릴 차라기에 오는 김에 제가 가져왔습니다."

"아."

리안은 그제야 상황을 이해했다.

"후우."

엘이 심호흡을 하며 조심스럽게 쟁반을 탁자 위로 내려놓았다. 그녀도 아는지 모르겠지만, 문을 연 순간부터 지금까지 그녀의 시선은 한시도 쟁반에서 떨어지지 않았다. 절대로 엎질러서는 안 된다는 투철한 사명감 같은 것이 그녀에게서 느껴졌다.

"고맙습니다. 앉으세요."

리안은 웃음이 나려는 것을 꾹 참으며 엘에게 자리를 권했다.

"아직이요. 알만 집사님께서 식기 전에 드셔야 한다고 하셨거든요."

엘의 임무는 끝난 게 아니었다. 그녀가 쟁반에 담긴 찻잔을 리안의 앞으로 옮기더니 주전자를 들고 천천히 찻물을 따랐다. 모든 동작들이 서툴기 짝이 없었지만 리안은 그런 엘의 배려가 싫지 않았다. 뜨거운 김과 함께 올라오는 차향이 구수하고 아주 좋았다.

"엘의 것은 없습니까?"

"저는 조금 전에 마셨습니다. 그럼 드시면서 보고 받으십시오."

어려운 과제를 끝마친 학생처럼 엘의 안색이 밝아졌다. 그녀가 본연의 자신 있는 모습으로 돌아가 아침 업무를 시작했다.

"예정대로 이틀 전 라키아 님께서 황도를 출발하셨다고 합니다. 걱정이 되셨는지, 떠나기 직전 폐하께서 인원을 보충해주신 덕분에 일정이 예상보다 빨라질 듯합니다."

"그거 반가운 소식이네요. 원래 기한이 넉 달이었으니, 앞으로 두세 달만 있으면 다시 라키를 볼 수 있겠군요."

"정확한 날짜까지는 모르겠습니다만, 보름에서 한 달 정도는 단축이 가능할 것 같습니다. 아무래도 이번 일에 총책임자이신만큼 주요 도시는 빼놓지 않고 들르셔야 하니까요. 그 이상의 단축은 무리라고 판단합니다."

"하긴, 그것도 그렇군요. 라키가 모든 곳을 제대로 살펴보려면 넉 달은커녕 반년도 넘게 걸릴 일이죠. 아무튼 덜 힘들게 되었다니 다행입니다."

리안은 방긋 웃음을 지으며 차를 홀짝였다.

"드래곤 기사단에 대한 사람들의 반응은 궁금하지 않으십니까?"

알다시피 라키아는 홀로 떠난 것이 아니었다. 돌아올 때까지, 그의 곁에는 이제 항시 드래곤 기사단이 붙어있을 것이다. 전 대륙에 위엄을 뽐내며.

라키아가 숨어 사는 동안 몰래 키웠다는 기사단에 대한 소문은 한때 제국을 들썩이게 할 정도로 요란했다. 기사단을 직접 보기 위해 수만 명의 사람들이 황도로 몰려들었으니 어느 정도일지 가히 짐작이 가리라.

"막 물으려던 참입니다. 어떻던가요?"

"크게 분류하자면 두 가지 유형으로 나뉠 수 있습니다. 열성적으로 환호하는 무리와 노골적으로 적개심을 보이며 경계하는 이들로요."

"누군지 알 것 같네요."

"나라 간에 분쟁이 없는 요즘, 기사단이 위명을 얻기란 쉽지 않습니다. 지금이 전 대륙에 드래곤 기사단의 이름을 알릴 절호의 기회라고 생각합니다."

리안은 공감하며 고개를 끄덕였다.

"단원들은 잘 지내고 있습니까?"

"몇몇이 다소 상기된 모습을 보이긴 했으나 대부분 여유로웠다는 보고입니다. 특히나 백작님께서 아끼시는 스캇 군은 출발 전날에 데이트까지 했다더군요."

"데이트요?"

리안의 눈이 휘둥그레졌다.

"네, 요한나라고 혹시 아십니까?"

"당연히 알고말고요. 상대가 요한나라던가요? 뱅크에서 일하는?"

"역시 알고 계셨군요. 맞습니다. 두 사람의 사이가 아주 좋아보였다고 하네요."

"하하. 스캇, 드디어 성공했구나!"

리안은 박수까지 치며 함박웃음을 터뜨렸다. 멀리 있는 친구를 향해 보내는 축하의 메시지였다.

"성공이라니요?"

어리둥절해하는 엘에게 리안은 간단히 스캇과 요한나에 대해 얘기해줬다.

"만날 고백도 못하고 끙끙 앓기만 하더니, 멀리 간다니깐 용기가 났나 봅니다. 옆에 있었다면 같이 기뻐해줬을 텐데, 아쉽네요."

"스캇 군에게 그런 로맨틱한 면이 있을 줄은 몰랐습니다. 한 여자를 그토록 오랫동안 쭉 좋아했다니, 다시 봐야겠습니다."

"그 녀석이 단순하면서도 우직한 데가 있거든요. 모쪼록 둘이 끝까지 잘 되었으면 좋겠습니다."

요한나를 향한 스캇의 애정이 마침내 결실을 맺었다. 시간이 더 지나봐야 알겠지만, 요한나라면 분명 스캇의 매력을 알아볼 거라고 리안은 확신했다.

잡담은 그것으로 끝이었다. 이후로 엘은 한동안 공작들의 동향에 대해서 제법 상세하게 설명했다.

충원해야 할 수가 십오만에서 십만으로 줄었다고는 하나, 양측 모두 오만의 병사를 내놓아야 하는 상황이었다. 아무리 굳건히 다져온 공작들이라고 해도 결코 만만치 않은 일인 것이다.

이번 사건으로 당분간 두 공작들이 얌전히 지낼 거라고 엘은 추측했다. 그리고 리안도 그것에 동의했다. 그들에게는 재정비를 할 시간이 필요했다.

"마지막으로 보고드릴 것은, 추위가 시작될 즘이었으니 겨울 초입이었겠군요. 크라우저 후작님을 감시하는 수가 그때부터 부쩍 증가하더니, 지금은 아예 성 전체를 둘러싸고도 남을 정도입니다. 처음에는 이번 사태로 후작님에 대한 경계심을 강화하는 거라 여겼는데, 조사하다가 재미난 사실을 발견했습니다."

"그게 무엇이죠?"

"체이서라고, 아마 백작님도 들어보셨을 겁니다. 그들이 모습을 드러냈습니다."

리안은 의아한 표정을 지었다. 체이서라는 건 추적자(追跡者)를 뜻한다. 그리고 추적자는 차이 곁을 항상 맴도는 자들이

기도 했다.

"추적자라면 차이를 감시하라고 타운젠드 공작이 보낸 자들이 있지 않습니까? 저는 그게 왜 재미있다는 건지 모르겠습니다."

"아, 그건 말이죠. 보통의 추적자들에게는 체이서란 말을 쓰지 않습니다. 체이서는 그들 중에서도 독보적인 실력을 갖춘 이들에게만 허락되는 칭호입니다. 물론 평상시에도 체이서라 불릴 만한 이들이 보이긴 했습니다. 하지만 그건 아주 소수였죠."

"그럼 지금은 소수가 아니라……."

"네, 워낙 은밀하게 움직이는 자들이라서 아직 저희 쪽에서 찾지 못한 이들도 있고, 현재도 계속 유입되고 있기 때문에 정확한 수는 모릅니다만, 대략 백여 명이 조금 넘을 것 같습니다."

리안은 깜짝 놀랐다. 엘은 지금 '체이서'의 수만을 말한 것이었다. 여기에 보통의 추적자들까지 더한다면 그 수는 가히 어마어마하리라.

"대체 무슨 일이 벌어지고 있는 겁니까?"

리안은 갑자기 머리털이 쭈뼛 서는 듯한 느낌이었다. 대관절 무슨 이유로 그들이 몰려드는 것인지 영지의 주인으로서 꼭 알아야 했다.

다행히 엘은 그 원인까지 파악하고 있는 듯했다.

"그들을 모은 건 스웨르겐 백작이었습니다. 그가 엄청난 포

상금을 내걸었더군요. 덕분에 제국에 있는 추적자란 추적자는 모두 이곳으로 운집하는 중입니다."

"스웨르겐 백작이라면 설마……?"

리안은 자연스레 차이가 떠올랐다. 장인인 타운젠드 공작의 명으로 차이를 감시하는 자는 다름 아닌 백작이었다.

"네, 그들에게 주어진 명령은 한 사람을 쫓으라는 것이었습니다."

역시나 예상이 맞았다. 엘이 지칭한 한 사람이란 다른 이가 될 수 없었다.

하지만 뒤의 말은 어딘지 이상하다. 차이가 자신과 함께 있다는 건 그들도 아는 사실이지 않은가? 뜬금없이 그런 차이를 왜 쫓으라는 것인지 리안은 이해가 안 갔다.

"확실한 정보가 맞습니까?"

"틀림없는 사실입니다. 많은 인력이 필요한 일인 만큼 스웨르겐 백작 측에서도 은밀히 진행하지는 않았습니다. 공공연한 비밀이랄까요."

보안을 유지하며 추적자들을 모으기란 쉽지 않았을 것이다. 리안이 심각한 표정을 지을 때 엘의 설명이 이어졌다.

"조사해본 바에 의하면 후작님을 끝까지 놓치지 않고 추적하는 자에게 1000골드를 지급하겠다고 했답니다. 그 외에도 원하는 것이 있으면 가능한 한 들어주겠다고 했다더군요."

"1000골드…… 후우, 엄청난 액수네요."

제국의 제일가는 부자 중 한 명인 리안에게도 1000골드는 무시 못할 금액이었다. 그리고 그런 거금을 들이는 일이라면 단순히 넘어갈 문제 또한 아니란 소리였다.

"이 건은 차이와 함께 상의하도록 하죠. 우리끼리는 머리만 아플 것 같습니다."

"후작님께서는 어디 가신 겁니까?"

낮이나 밤이나 항상 리안 옆에 붙어있던 차이다. 그의 부재를 의아하게 여기며 엘이 물었으나 리안도 모르기는 마찬가지였다.

"글쎄요. 오늘은 어쩐지 안 보이네요. 그나저나 스웨르겐 백작 얘기가 나와서 말인데, 레베카 양은 아직인 겁니까?"

"네, 여전히 바깥출입을 삼가고 여관 안에서만 머물고 있습니다."

"흐음, 이유를 알 수가 없군요."

리안은 미간을 찌푸렸다. 혼인첩을 거절한 리안을 만나기 위해 레베카가 도착한 건 지난주였다.

그런데 어찌된 까닭인지, 그녀는 리안을 바로 찾아오지 않고 여관에서 묵으며 시간을 끌고 있었다. 활동적인 성격의 그녀가 식사도 거의 방 안에서만 해결하고 있다고 하니 참으로 이상한 노릇이었다.

"찜찜한 건 일찍 털어버려야 속이 편하다고 하지요?"

"……?"

"아무래도 알만을 보내는 것이 좋겠습니다."

"레베카 양을 만나실 생각이십니까?"

"제 마음이야 그냥 되돌아갔으면 싶지만, 어디 그녀가 그러겠습니까?"

리안은 어깨를 으쓱이며 결정을 내렸다.

"만나서 해결을 보고 돌려보내는 것이 최선의 방책 같습니다. 그래야 공작의 심기도 조금이나마 편해지겠지요. 저도 어서 이 짐을 덜어버리고 싶습니다."

"백작님께는 여인이 짐이로군요."

"네?"

엘의 갑작스러운 말에 리안이 두 눈을 깜박이며 그녀를 응시했다. 그 시선이 부담스러웠는지 그녀가 눈길을 피하며 말했다.

"여인에게는 도통 관심이 없어 보이셔서 말입니다."

혀로 입술을 축이는 모양새가 왠지 초조한 분위기였지만, 리안은 웃느라고 미처 그 사실을 깨닫지 못했다.

"이런, 이제 엘까지 절 걱정하는 겁니까?"

어머니에 이어서 알만이 합세한 요즘이었다. 아직 스무 살밖에 안 된 자신에게 다들 왜 그렇게 여자를 짝지어주지 못해 안달인지, 리안은 그저 웃음만 나왔다.

"레베카 양은 여자인 제가 봐도 무척 아름답습니다. 지금까지 그녀에게 구애한 남성은 많지만, 그녀가 먼저 손을 내민 적은 한 번도 없다고 들었습니다."

"그 말씀은 제가 그녀를 왜 거절하는지 모르겠다는 뜻으로 들립니다."

"솔직히 그렇습니다. 레베카 양은 외모뿐 아니라, 탄탄한 배경에 성격도 딱히 흠잡을 데가 없는 여인입니다. 마다할 남자가 없다고 생각됩니다."

"레베카 양이 훌륭한 신붓감이라는 건 저도 인정합니다. 하지만 마음에도 없는 사람과 혼인을 할 수는 없지 않습니까? 그건 상대에 대한 예의가 아니지요."

"……마음에 없으시다고요?"

엘이 놀란 사람처럼 눈을 홉뜨자 오히려 당황한 건 리안이었다.

"설마 제가 레베카 양을 마음에 두고 있다고 생각하신 겁니까?"

"……."

엘의 답은 없었지만 그녀의 표정으로 보아 리안은 자신의 짐작이 맞음을 알 수 있었다.

"어째서 그런 생각을 하셨는지 모르겠군요. 전 레베카 양과 단둘이 만나본 적도 없습니다."

굳어진 리안의 얼굴을 오해한 듯 엘이 다급히 고개를 숙이며 사과했다.

"기분 나쁘셨다면 죄송합니다. 저는 그저 레베카 양의 미모가 워낙 뛰어나다보니……."

"아름다움이란 좋은 것이죠. 하지만 그 아름다움이야말로 지극히 주관적인 게 아닐까요?"

"……?"

"가령 예를 들자면, 어떤 남자에게는 자신의 부인이나 혹은 딸이 레베카 양보다 훨씬 아름다울 수 있단 얘기입니다. 사랑이란 그런 것이죠. 세상 무엇보다 상대가 아름답게 보이는 것. 아쉽지만 저는 아직 그런 여인을 만나지 못했습니다."

리안이 유감이라는 듯 미소를 짓자 엘이 붉어진 얼굴로 거듭 사죄했다.

"무슨 말씀이신지 알 것 같습니다. 불쾌하셨다면 정말 죄송합니다."

"조금 놀랐을 뿐, 불쾌한 정도까지는 아니니 사과까지 하실 필요는 없습니다."

리안은 괜찮다는 뜻으로 그녀를 향해 다시 한 번 미소를 지었다. 알만이 손님을 데려온 것은 그때였다.

"영주님, 후작님의 수하라는 분께서 찾아오셨습니다."

"누가 왔다고?"

알만은 차이의 정체를 아는 몇 안 되는 사람 중 하나였다. 생각지도 못한 손님의 등장에 리안은 아연한 얼굴로 자리에서 일어났다.

"칼리스타 백작님을 뵙습니다. 저는 세자르라고 합니다."

알만과 함께 들어온 자는 훤칠한 키에 단아한 외모를 지닌 중년의 남자였다. 그가 낮게 깔린 중후한 음색으로 자신을 밝히며 리안에게 인사했다.

"네, 반갑습니다. 무슨 일인지는 모르겠지만 일단 이쪽으로 앉으세요."

처음 있는 일이라 당황하긴 했지만, 리안은 세자르를 기꺼이 자신의 옆으로 안내했다.

"알만, 다과 좀 부탁할게. 그리고 오늘 차이가 보이지 않던데, 혹시 어디 있는지 알고 있어?"

"모르고 계셨습니까?"

"응?"

"후작님께서는 지금 몸이 편찮으셔서 방에 누워계십니다."

"그게 무슨 소리야?"

리안은 잠시 멍한 얼굴이 되었다. 그러다 정신을 차리고 한달음에 알만의 앞으로 달려갔다.

"차이가 아프다니? 어디가 얼마나 아픈데?"

강철 체력이라는 말에 누구보다도 잘 어울리는 존재가 바로 차이였다. 그런 차이가 아프다니. 리안은 알만의 말을 좀처럼 믿을 수가 없었다.

"몸에서 열이 좀 나시고 어지럼증을 느끼시는 것 같았습니다. 식사도 힘들어 하시기에 수프를 가져다드렸지만 거의 드시지 못하셨습니다."

"언제부터 아픈 거야?"

"그건 저도 잘 모르겠습니다. 두어 시간 전에 하녀가 청소를 하러 갔다가 발견하고 제게 알려왔습니다."

"그럼 내게도 진작 알렸어야지. 내가 치료하면 되는걸!"

안타까움에 절로 목소리가 높아졌다.

"아무튼 이제라도 알았으니 됐어. 지금 가면 되니까."

리안은 즉시 문으로 향했다.

"송구하지만 칼리스타 백작님께서 가셔도 소용없을 겁니다."

막 문을 나서려는 리안의 발목을 잡은 것은 세자르였다. 리안이 걸음을 멈추고 의아한 눈길로 바라보자 그가 담담한 어조로 말했다.

"주인님은 아프신 게 아니라, 잠이 오시는 것일 뿐입니다."

"잠……?"

"네, 수면기가 시작되셨습니다."


*　　　*　　　*


리안은 세자르를 대동하고 서둘러 차이의 방을 찾았다. 그런 그의 뒤를 알만과 엘이 걱정스러운 얼굴로 따라갔다.

찰칵.

손잡이가 돌아가며 문이 열렸다.

"……!"

급히 안으로 들어서려던 리안은 훅 끼쳐 오는 더운 공기에 몸을 멈칫했다. 벽난로 쪽을 쳐다봤지만 장작더미에는 불씨 하나 없었다. 방안의 열기는 침대에 누워 있는 차이로부터 시작되고 있었다.

"창문을 열겠습니다."

알만이 왔을 때만해도 이 정도는 아니었다. 그가 황급히 창가로 걸어갔다.

차이는 태아처럼 웅크린 자세로 잠을 자고 있었다. 항상 단정하게 묶여있던 잿빛 머리칼이 이불 위로 아무렇게나 흩어져 있는 모습이 생경했다.

"차이."

리안은 그의 이름을 부르며 침대로 다가갔다. 송골송골 이마에 맺힌 땀방울이 제일 먼저 눈에 들어왔다. 그리고 미약하지만 옅은 신음소리가 차이의 입에서 새어나오고 있었다.

"하아……."

붉게 상기된 두 뺨이 리안의 마음을 안쓰럽게 했다.

쏴아아―

알만이 창문을 열었는지 차가운 바람이 불어오는 게 느껴졌다.

리안은 차이의 얼굴을 향해 조심스럽게 손을 뻗었다. 이마와 볼에 달라붙은 젖은 머리칼을 떼어주려는 의도였다.

그러나 리안의 손이 닿기도 전, 이불 속에서 뭔가가 튀어나와 리안의 손목을 붙들었다. 동시에 감겨 있던 차이의 눈이 번

쩍 떠졌다.

"……!"

리안은 깜짝 놀라 흠칫 몸을 떨었다. 리안의 손목을 잡은 건 차이였다. 차이의 커다란 손이 리안의 손목을 거칠게 움켜쥐었다. 강한 악력에 손목이 부러질 것 같았다.

"차이……."

리안은 아픔을 참으며 타이르듯 차이의 이름을 나직이 불렀다. 하지만 몇 번을 불러도 손목의 힘은 좀처럼 풀어지지 않았다.

바로 앞에서 마주본 차이의 눈빛은 평소와는 완전히 달랐다. 칠흑처럼 어두운 까만색 눈동자에는 지금껏 본 적 없는 진한 살기가 배어 있었고, 감추어졌던 신비한 자주색 눈동자는 뭔지 모를 두려움으로 떨고 있었다.

두 개의 눈빛은 묘한 대조를 이루며 리안의 얼굴에 한동안 못 박힌 듯 고정되어 있었다.

"하악."

그러다 어느 순간 정신이 돌아온 듯 차이가 깊은 숨을 몰아쉬며 눈을 감았다. 여전히 리안의 손목을 잡은 채였지만 힘은 많이 빠진 상태였다.

"차이, 괜찮아?"

리안의 염려 섞인 음성에 차이의 감긴 눈이 서서히 떠졌다.

"휴우."

리안은 안도의 한숨을 내쉬었다. 차이의 눈에는 평소처럼 리안을 향한 애정과 신뢰가 돌아와 있었다.

"이런."

그렇게 얼마나 지났을까. 애틋한 눈빛으로 리안을 쳐다보던 차이가 당혹스러운 목소리를 뱉으며 몸을 일으켰다. 그러나 너무 갑작스레 움직인 탓인지 한쪽 발이 미처 바닥에 닿기도 전에 그의 긴 몸이 휘청거렸다.

"차이!"

리안이 재빨리 부축했기에 망정이지, 하마터면 크게 넘어질 뻔했다.

"일어나지 말고 더 누워 있어."

"아닙니다. 괜찮습니다."

"괜찮긴 뭐가 괜찮아. 다 들었어. 수면기라며?"

"……!"

차이의 몸이 굳어지는 것이 느껴졌다.

"이제서야 알아채다니……."

알아들을 수 없는 말을 중얼거리며 차이가 뒤를 돌았다. 그의 시선이 향한 곳에는 세자르가 있었다.

"세자르."

차이의 부름에 세자르가 한 걸음 앞으로 걸어 나왔다.

"죄송합니다. 더 지체하셨다가는 큰일 나실 것 같아 모시러 왔습니다."

차이가 내린 명령은 어떠한 일이 있어도 먼저 찾아오지 말

란 것이었다. 지금껏 한 번도 명을 어긴 적이 없는 세자르지만
이번만큼은 어쩔 수가 없었다.

한참을 세자르를 노려보던 차이가 체념한 듯 턱짓하며 물었다.

"그것도 가져왔나?"

"네."

세자르가 고개를 끄덕이며 품에서 작은 상자 하나를 꺼냈
다. 차이는 리안에게 양해를 구한 뒤 세자르에게서 상자를 건
네받아 안에 든 것을 입으로 털어 넣었다. 리안에게까지 알싸
한 향이 전해지는 것으로 보아 어떤 약 같았다.

"죄송합니다."

차이가 약을 먹자마자 리안에게 머리를 숙이며 사죄했다.
다른 때 같으면 아니라며 손을 휘저을 리안이지만 이번은 달
랐다.

아프다는 말에 가슴이 철렁했고, 수면기에 대해 듣고는 기
절할 만큼 놀랐다. 항상 든든하게만 여겨지던 차이에게 그런
치명적인 약점이 있을 거라고는 상상도 못했다.

"그럼 당연히 미안해해야지. 내가 얼마나 놀랐는지 알아?
왜 진작 말하지 않았어?"

"……."

"난 차이가 평상시에 잠을 자지 않는다는 것도 모르고 있었
어. 수면기를 거부하면 생명에도 지장이 있다던데, 대체 왜 말
하지 않은 거야?"

말하다 보니 리안은 화가 나려고 했다.

수면기란 드래곤에게서 유래된 것이다. 인간과는 비교할 수 없을 만큼 긴 수명을 살아가는 드래곤에게는 잠을 몰아서 자는 특징이 있었다.

그것을 사람들은 가리켜 수면기라고 불렀는데, 보통 수면기에 든 드래곤은 짧으면 수십 년, 길면 수백 년 동안 잠에 빠졌다.

인간이나 동물과 달리 평소 잠을 자지 않는 드래곤은 그렇게 한꺼번에 체력을 보충했던 것이다.

차이는 그의 가문이 모시던 드래곤 레켄스토의 영향으로 수명이 비약적으로 늘어났고, 수면기 또한 그런 이유로 피해갈 수 없었다.

다행스러운 점은 대(代)를 지나면서 영향력이 흐려져 수명이 할아버지나 아버지에 비해 길지 않은 것처럼, 수면기에 드는 기간 또한 매년 짧아진다는 것이었다.

근래에는 곰이 동면에 들듯 겨울철이 되면 수면기가 찾아오고 있다고 했다.

완전히 수면기에 들면 몸이 무방비 상태가 되기 때문에 서둘러 레어로 가야한다는 게 세자르의 설명이었다.

"……죄송합니다."

"그런 사과를 듣자는 게 아니야. 난 정말 차이를 이해할 수가 없어. 수면기는 차이의 힘으로 어쩔 수 있는 게 아니잖아. 이러다 정말 큰일이라도 나면 어쩌려고 그래?"

"……."

"세자르 씨가 아니었다면 난 아마 지금도 몰랐겠지. 차이가 말하지 않았을 테니까. 이번엔 정말 너무했어."

"놀라게 해드렸다면 정말 죄송합니다. 하지만 그게 어쩐지 불안해서 갈 수가 없었습니다."

"불안하다니?"

"지금 리안 님 곁에는 아무도 없지 않습니까? 라키아 군이 있었다면 저도 이런 모습을 보여드리면서까지 남아있지는 않았을 겁니다."

"……!"

고개를 숙인 채 대답하는 차이의 음성에는 절절한 안타까움이 서려 있었다. 리안은 잠시 멍한 표정을 지었다가 이내 쓰게 웃었다.

스스로가 참 바보 같았다. 어떤 일이든 침착하고 현명하게 처리하는 차이가 한 가지 일에만 이성적이지 못하다는 것을 알면서도 생각해내지 못했다.

차이에게 자신이 어떤 존재인지 왜 항상 이런 식으로 깨닫게 되는 걸까.

자신을 향한 차이의 마음이 고맙기는 하나, 꼭 달갑지만은 않은 것도 사실이었다. 그에게 자신이 그러하듯, 자신에게도 그는 소중한 존재였다.

"차이, 내 몸 하나 지킬 정도는 된다고 내가 몇 번을 말해야 알겠어? 내 걱정은 하지 말고 어서 레어로 돌아가. 차이 말대로 날 지켜주려면 차이가 건강해야지. 이러다 나보다 먼저 쓰러지겠어."

"죄송합니다."

"수면기가 한 달 반 정도라며? 넉넉히 두 달이면 우린 다시 볼 수 있을 거야. 그러니 안심하고 다녀와."

"정말…… 괜찮으시겠습니까?"

차이로서도 이해할 수 없는 불안감이었다. 평소에도 그가 가장 신경 쓰는 부분이 리안의 안전이기는 했다. 하지만 이번은 유독 심했다. 본인이 수면기를 거역할 수 없다는 걸 알면서도 바보같이 군 것은 그래서였다.

"충분히 괜찮아."

리안은 힘차게 고개를 끄덕이며 차이를 안심시켰다. 그런 리안을 한동안 지그시 쳐다보던 차이가 세자르를 향해 물었다.

"라파스는?"

"사흘 전에 묘인국으로 들어섰습니다."

세자르의 대답에 리안은 물론 엘은 깜짝 놀라 눈을 치켜떴다.

"차이, 라파스 씨와 연락이 되는 거야?"

"네, 세자르가 담당하고 있습니다."

차이가 눈짓하자 세자르가 리안을 향해 몸을 숙이며 고했다.

"오늘 새벽, 묘인국으로 들어선다는 연락을 마지막으로 받았습니다. 사흘 전 소식이니, 지금은 묘인국 내에 있을 거라

추정됩니다. 아사 님께서는 긴장을 조금 하시긴 했지만, 걱정할 정도는 아니라고 하였습니다."

"확실한 정보인가요? 여기까지 소식이 닿으려면 아무리 빨라도 닷새는 걸릴 텐데요."

정보 길드의 수장인 만큼 엘에게는 꽤 민감한 사안이었다. 아직 자신은 전해 듣지 못한 것을 세자르가 알고 있다는 것에, 그녀는 반신반의한 표정을 지었다.

차이가 엘이 아닌 리안을 보며 말했다.

"아버지 때부터 이어온 정보망입니다."

답은 그것으로 족했다. 차이의 아버지 때부터라면 수십, 아니, 수백 년을 거슬러 올라가야 한다. 그때부터 지금까지 이어져오는 정보망이라면 결코 평범하지는 않을 것이다.

"아사 녀석에게서 연락이 없어서 걱정하는 중이었거든. 그 녀석 아티팩트를 주면 뭐해, 쓰지를 않는걸. 내가 아무리 말을 걸어도 답이 없는 걸 보면 귀걸이를 아예 빼놓은 것 같아. 어쨌든 아사가 무사하다니 좋은 소식이야."

"라파스가 있는 한 최악의 상황은 없을 겁니다."

차이에게 라파스는 가장 믿음직한 수하였다. 그런 라파스를, 차이는 수면기에 드는 자신을 대신해서 리안 옆에 두려고 계획했었다. 그리하면 이 이해할 수 없는 불안감을 어느 정도는 떨쳐낼 수 있을 것 같았다.

하지만 결과적으로 라파스는 아사에게로 보내졌다. 어떡해서든 녀석이 돌아올 때까지 수면기를 이겨내고자 했지만, 역시나 시간이 부족했다.

"세자르, 라파스가 돌아오려면 앞으로 얼마나 남았지?"

"묘인국의 상황이 아직 도착하지 않아서 잘은 모르겠지만, 순리대로만 일이 풀린다면 이달 안으로는 돌아오지 않을까 생각합니다."

"이달이면 그렇게 늦지는 않겠군."

차이에게는 더 이상 지체할 시간이 없었다. 라파스에게는 이미 리안을 지키라는 임무를 내려놓은 상태였다. 자리를 비우는 것이 여전히 불안하기는 하나 곧 녀석이 올 거라니 그나마 안심이 되었다.

"그보다 차이. 영지에 타운젠드 공작이 보낸 자들이 득실거려. 이미 알고 있겠지?"

"네, 수면기 때문입니다. 제가 어디로 사라지는지 알아내기 위해 이맘때면 항상 극성을 부리지요."

세자르에게 수면기에 대해 듣는 순간 리안은 추적자가 영지로 모여든 이유를 짐작할 수 있었다. 차이의 정체를 어떻해서든 파헤치고 싶어 하는 공작의 집요함이 리안은 정말이지 마음에 들지 않았다.

"그 몸으로 괜찮겠어?"

지금은 많이 나아진 듯하나, 조금 전까지만 해도 열에 들떠 몹시 괴로워했었다. 차이의 상태가 다시금 그렇게 될까봐 리안은 불안했다.

"수면기를 받아들이지 않고 이겨내려다 보니 생긴 부작용입니다. 아까 제가 먹은 것이 바로 그 부작용을 멈추게 해주는 것입니다."

"그럼 지금은 전혀 이상이 없는 거야?"

"네, 약효가 사라지기 전에 레어로 돌아가기만 하면 됩니다."

"레어?"

그러고 보니 차이의 레어가 어디에 있는지도 리안은 여태 모르고 있었다.

문득 의문이 든다.

'나는 차이에 대해 얼마나 알고 있을까?'

누군가 차이에 대해 묻는다면 리안이 할 수 있는 대답은 고작 그의 신분 정도였다. 비밀을 고수하는 그이기에 그것조차 제대로 말할 수 없는 게 현실이다.

아직도 차이의 나이라든지 그의 능력, 측근들과 영지, 성 등 모르는 것이 태반이었다.

과연 이런 채로 그의 호의를 받아도 되는 것일까?

갑자기 든 생각은 버릇처럼 꼬리에 꼬리를 물고 늘어졌다.

"레어는 케인산이라는 곳에 있습니다."

리안이 말이 없자 궁금해 한다고 여겼는지 차이가 레어의 위치를 설명했다.

"제 영지 내에 있는 산입니다. 작은 산이라서 아마 모르실 겁니다."

안 그래도 처음 들어보는 이름의 산이었다. 리안이 상념에서 나와 머릿속에 케인산을 담을 때 차이가 말을 이었다.

"떠나기 전에 부탁드릴 것이 있습니다."

"부탁?"

"네, 제가 돌아올 때까지 공작들과의 충돌은 피해주십시오. 가급적이면 혼자 멀리 나가지도 마시고요."

"차이, 내가 한두 살 먹은 어린애도 아니고 무슨 부탁이 그래?"

"그러겠다고 약속해 주십시오. 그래야 제 마음이 편합니다."

함께 지낸지 얼마 되지 않았지만, 차이에게 리안은 이제 없어서는 안 될 존재였다.

그에게 리안은 주인 이상이었다.

아무런 재미도 없던 삶에 즐거움이 무엇인지, 기쁨이 무엇인지 알게 해주었고, 무감각하던 그에게도 감정이라는 것이 있다는 걸 깨닫게 해주었다.

리안이 지닌 드래곤의 기운은 더 이상 중요하지 않았다. 여전히 본능적으로 끌리는 것이 사실이긴 하나, 그것이 아니더라도 차이는 리안 곁에 남고 싶었다.

리안에게는 사람을 끌어들이는 인간적인 매력이 있었다. 오랜 세월을 살면서 사라지고 퇴화된 것들을 차이는 다시금 배워나가고 있었다.

나이는 어리지만 리안은 그가 진심으로 존경하고 섬길 수 있는 '인간'이었다.

"알았어. 약속할게."

차이의 간곡한 부탁에 리안은 결국 항복하고 말았다. 어차피 몇 달 동안은 영지에서 조용히 지낼 생각이기도 했고, 수면기에 드는 차이의 마음을 불편하게 해서 좋을 건 없었기 때문이다.

"차이가 올 때까지 얌전히 있을 테니까, 꼭 무사히 돌아와야 해."

"제 걱정은 하지 마십시오. 평생 리안 님의 호위기사가 되겠다고 한 말씀 잊으셨습니까?"

"아니, 잊을 리가 없지."

그날의 기억이 떠오르자 리안의 입가에 미소가 맺혔다. 그때는 차이와의 관계가 이렇게 될 줄은 정말 몰랐었다.

"그럼 가보겠습니다."

"응, 몸조심해."

말과는 달리 차이는 바로 떠나지 못했다. 오랫동안 자리에 선채 가만히 리안을 응시했다. 마치 두 눈 속에 담기라도 하듯.

본격적인 추위가 시작되고 있었다.

제7화

마지막 인사

이른 아침임에도 불구하고 창밖으로 보이는 풍경은 매우 분주했다.

소젖을 싣고 시장터로 향하는 젊은 아낙과 빗자루로 가게 앞을 열심히 청소하는 어린 점원, 커다란 지게를 진 거한의 사내 등, 여관의 삼층에서 내려다본 도시의 모습은 그야말로 생기가 넘쳤다.

"갓 구운 루미스네 빵입니다! 둘이 먹다가 하나가 죽어도 모를 정도로 맛있는 빵입니다. 따끈따끈한 빵 사세요!"

그리고 오늘도 어김없이 골목길 한쪽에서는 지나가는 행인을 붙잡고 목이 터져라 외치는 소년의 음성이 들렸다. 반가운

그 소리에 이제껏 무표정하던 레베카의 얼굴에 작은 미소가
번졌다.

"저 꼬마, 거짓말이 너무 심한 거 아니에요?"

침대 정리를 하고 있던 레베카의 시녀 애슐리가 입술을 삐
죽이며 창가로 걸어왔다.

"둘이 먹다가 하나가 죽어도 모르기는커녕 쓰고 텁텁하기만
했잖아요. 그런 걸 어떻게 먹으라고 파는 건지."

"애슐리, 부모를 돕는 착한 아이야. 그런 식으로 말하면 못
써."

"착한 거랑 이건 다른 문제죠. 아가씨도 저 말에 속아서 빵
을 드셔놓고선 그런 말씀이 나오세요?"

"내가 속았다고?"

"네, 그래서 저보고 나가서 사오라고 시키신 것 아니세요?"

눈을 동그랗게 뜨고 물어오는 애슐리를 보며 레베카는 오랜
만에 소리 내어 웃었다. 빵이 별로라는 데에는 그녀도 동의했
다. 하지만 그녀의 말처럼 아이의 선전에 속아 빵을 사오라고
한 것은 아니었다.

"애슐리, 난 그냥 돕고 싶었을 뿐이야. 요즘 같은 날씨에 아
침잠도 뿌리치고 나오는 게 기특하잖아. 난 저만한 나이일 때
그러질 못했어."

"어머! 아가씨께서 뭐 때문에 그런 일을 하세요? 그런 건 저
희 같은 사람들이나 하는 거예요. 그리고 만일 아가씨께서 그

러셨다가는 제가 마님께 혼쭐이 난다구요!"

레베카의 어머니인 캐러다인 공녀는 평소 하인들에게 꽤 관대한 편이지만, 한 번 화가 나면 무섭게 돌변하는 성격이었다. 몇 해 전 크게 꾸지람을 당했던 기억이 떠오르며 애슐리가 기겁한 표정을 지었다.

레베카는 한숨과 웃음이 뒤섞인 눈빛으로 애슐리를 바라봤다. 어릴 때부터 그녀의 전담 하녀였던 애슐리는 눈치가 빨라 시키기도 전에 빠릿빠릿하게 일처리를 하는 반면, 말귀가 어두운 데가 있어 가끔 오늘처럼 말의 뜻을 잘못 알아들을 때가 있었다.

"애슐리, 내 말은 철이 없었다는 얘기야. 우리 집이 빵 가게를 하는 것도 아닌데 내가 왜 빵을 팔겠어."

"아, 그건 그렇죠."

"아직 열 살도 안 된 소년이잖아. 난 그때 나밖에 몰랐던 것 같아."

"아니에요, 아가씨. 무슨 그런 말씀을 하세요. 그때도 아가씨는 저희들 사이에서 가장 인기 있는 분이셨어요."

"그래?"

"네, 그땐 제가 아가씨의 전담 하녀는 아니었지만 분명히 기억해요. 다른 분들과 달리 저희들에게 다정하게 말도 건네주시고, 먹을 것도 곧잘 남겨 주셔서 다들 얼마나 좋아했는데요. 얼굴도 예쁘신 분이 마음까지 곱다며 아주 칭찬이 자자했어요."

그런 레베카의 전담 하녀가 되어 얼마나 기뻤던가. 그녀에게 온 행운을 모두가 부러워했고, 지금까지도 그 현상은 이어지고 있었다.

"칭찬이 자자했다니 기분 괜찮은데? 거기다 그때 '도'라는 건 지금도 인기가 있다는 뜻이겠지?"

"그럼요. 아가씨를 좋아하지 않을 사람이 세상에 어디 있겠어요. 이렇게 아름다우신 데다 마음까지 예쁘신데."

"나도 그랬으면 좋겠지만, 한 사람쯤은 있는 모양이야……."

씁쓸한 얼굴로 말끝을 흐리는 레베카를 보는 순간 애슐리는 아차 싶었다. 그새 잊고 있었다. 자신의 주인이 왜 이곳에서 오도 가도 못하는 처량한 신세가 된 것인지.

스스로 이마를 쥐어박으며 애슐리가 얼른 창문으로 손을 뻗었다.

"이제 그만 닫아야겠어요. 날이 차요."

"괜찮으니까 그냥 둬."

"감기라도 드시면 어쩌시려고요."

"답답해서 그래."

"답답하시면 산책이라도 좀 나가세요. 이렇게 안에만 계시다가 병나실까봐 두려워요."

오랫동안 레베카를 모셔온 만큼 애슐리는 누구보다도 그녀에 대해 잘 알았다. 이처럼 장기간을 실내에 틀어박힌 채(그것도 좁은 여관방에서) 아무것도 하지 않고 허송세월하는 것은 그녀답지 않았다.

"나 건강 체질이잖아. 걱정할 필요 없어."

"아가씨, 오늘 아침에 거울 보셨어요? 그 곱던 피부가 얼마나 거칠어졌는데요. 제가 이런 말씀까지는 안 드리려고 했는데, 눈 밑에 다크서클도 장난 아니세요."

"다크서클?"

다크서클이란 말에 레베카는 민감하게 반응했다. 조만간 칼리스타 백작을 만나러 가야 할 시점에 다크서클은 곤란하다. 그것은 여자라면 누구나가 숨기고픈 본능이었다.

"거울이 어디 있었지?"

레베카는 황급히 몸을 돌렸다. 그 틈에 창문을 닫으려던 애슐리는 밖에서 들리는 말 울음소리에 힐긋 아래를 내려다보았다.

"응?"

그런 그녀의 눈이 함지박만 하게 벌어졌다.

"아가씨, 이쪽으로 좀 와보세요."

"잠깐만, 거울부터 보고."

"지금 거울이 문제가 아니에요. 오필리아 아가씨께서 오셨다구요!"

"오필리아? 내가 아는 그 오필리아?"

"네! 어서 와서 보세요!"

애슐리가 다급한 목소리로 빠르게 손짓했다. 거울을 찾겠다는 생각은 까맣게 잊고 레베카가 급히 창가로 향했다.

"저기 저분, 오필리아 아가씨 맞죠?"

애슐리가 가리키는 건 길 건너편이었다. 거리는 제법 되었지만 레베카는 한눈에 그녀의 모습을 알아봤다.

인상을 쓴 채 오만하게 턱을 치켜들고 주위를 두리번거리고 있는 여인은 분명 오필리아가 맞았다.

"저분이 여긴 어쩐 일로 오신 거래요? 황도에서 열리는 무도회에 참석하시는 것만으로도 바쁘신 분이잖아요."

"글쎄."

모호한 대답이었지만 레베카의 표정은 그 이유를 충분히 짐작하고 있는 눈치였다.

"엇? 여기로 오는데요?"

호위기사들의 무서운 눈빛에 움츠러든 행인들이 발걸음을 세우고 주춤거리자, 오필리아가 그들 사이로 당당히 여관을 향해 걸어왔다.

"이곳에 묵으실 건가 봐요."

애슐리의 말투는 어쩐지 불만스런 기색이었다. 실제로 막을 수만 있다면 막고 싶은 게 그녀의 진심이었다.

앞에서는 아무 말도 못하면서 뒤로는 주인에 대한 험담을 늘어놓는 것이 오필리아의 특기임을 아는 탓이다. 가뜩이나 불편한 주인의 심기가 그녀로 인해 더욱 심란해지는 건 아닐지 애슐리는 걱정스러웠다.

"오늘 아침은 혼자 먹지 않아도 되겠네."

"만나시려고요?"

"못 봤다면 모를까, 모른 척하는 건 예의가 아니지. 애슐리, 준비해줘."

"네, 아가씨."

근 닷새 만에 하는 외출이었다. 조금 전이었다면 꽤 기뻐했겠지만 지금은 그리 달갑지 않다.

하지만 언제나 그렇듯, 애슐리는 순순히 대답하며 레베카의 외출 준비를 도왔다. 어느 때보다 예뻐 보이도록 최선을 다한 것은 말할 것도 없다.

\*　　　\*　　　\*


"뭐? 제일 좋은 방이 나갔다고?"

일층의 식당에서 막 식사를 시작하려던 오필리아는 짜증이 가득 서린 눈빛으로 맞은편의 사내를 노려봤다. 그 기세에 주눅이 든 듯, 사내가 식은땀을 흘리며 공손히 말했다.

"얼마 전까지만 해도 비어 있었는데, 지난주에 손님이 들었다고 합니다. 그래서 하는 수 없이 두 번째로 좋은 방을……."

"지금 나보고 두 번째가 되라는 거야?"

날 선 오필리아의 음성에 사내가 몸을 흠칫거리며 설명했다.

"주인 말로는 두 번째로 좋은 방이긴 해도 다른 곳에 비하면 첫 번째나 마찬가지라고 합니다. 아가씨께서 지내시기에는 전혀 불편함이 없을 거라고……."

"더 좋은 방이 있는데, 내가 왜 그래야 하는데? 됐으니깐 먼저 온 사람보고 나가라고 해."

"안 그래도 제가 웃돈까지 얹어준다고 했으나, 이미 선불을 받았기에 그럴 수가 없……."

점점 싸늘해지는 오필리아의 안색에 사내의 말투가 갈수록 흐려졌다. 그녀가 표독스러운 시선으로 카운터를 바라보며 매섭게 내뱉었다.

"지금 당장 데려와."

흘러내리는 땀을 닦으며 사내가 눈짓했다. 그러자 옆에 있던 수하가 급히 달려가 여관 주인을 데려왔다. 분위기가 심상치 않음을 느낀 듯, 주인이 겁먹은 눈알을 굴리며 오필리아의 앞에 섰다.

"제일 좋은 방이 나갔다고?"

"네, 아씨."

"두 배, 아니, 세 배를 내지. 지금 묵고 있다는 자가 원한다면 그자에게도 돈을 주겠어. 그러면 다 해결된 건가?"

"저, 그게……."

오필리아의 눈초리가 사납게 휘어졌다.

"뭐야, 그래도 안 된다는 거야?"

"이미 이번주까지 숙박료를 모두 선불로 받은 상태라서요. 정말 죄송합니다."

"그니깐 그 돈 내가 주겠다잖아. 왜 그렇게 말귀를 못 알아들어? 내가 누군지 알고는 있는 거야?"

오필리아가 언성을 높이며 째려보자 처음의 사내가 고개를 숙이며 즉각 대답했다.

"말씀드렸습니다."

"그런데도 이런 취급을 한단 말이야?"

오필리아는 기가 막혔다. 공작가에는 비교할 수 없겠지만, 그녀의 가문인 카타이저 백작가는 대대로 훌륭한 대신과 명장을 배출해온 제국의 유서 깊은 가문이었다.

그런 가문의 여식인 자신이 이런 시골까지 와서 무시를 당한다고 생각하자 모멸감으로 부르르 몸이 떨렸다.

"손님은?"

"안에 있습니다."

그녀의 격앙된 물음에 주인 대신 사내가 재빨리 대꾸했다. 이런 때에 조금이라도 늑장을 부리면 어떻게 되는지 사내는 경험을 통해 잘 알고 있었다.

"데려와."

여관 주인은 투숙객을 만나본 이후의 문제였다. 멋모르는 주인에게 자신이 어떤 존재인지 눈앞에서 똑똑히 알려줄 참이었다.

'훗, 오줌이라도 지린다면 아량을 베풀어서 용서를 해줄지도.'

"그럴 필요 없어요."

갑자기 낭랑한 목소리가 들린 것은 오필리아가 오만한 미소를 지을 때였다.

모두의 시선이 새로운 인물을 향해 돌아갔다. 그리고 다음 순간 오필리아의 눈동자가 찢어질 듯 커졌다.

"……!"

"안녕, 오필리아."

환하게 주위를 밝히며 다가오는 이는 레베카였다. 인정하기 싫지만 그녀가 등장한 것만으로 주변의 분위기가 확 달라졌다. 어느새 모두가 그녀를 우러러봤고, 그녀를 중심으로 찬란한 오로라가 번지듯 퍼져나갔다.

그녀만 보면 늘 그래왔듯 열등감이란 것이 다시 수면 위로 떠올랐다.

"레, 레베카 언니……."

"오랜만이야. 이런 곳에서 다 만나다니 무척 반가운걸?"

당황해하는 오필리아와 달리 레베카는 살갑게 인사하며 방긋 웃었다.

"근데 난 왜 찾는 거야? 내려오면서 들었는데, 설마 나보고 그 방을 내어달라는 건 아니겠지?"

"무, 물론이지. 난 그냥…… 궁금해서. 손님이 언니였구나……."

어색한 말투하며 입술을 깨무는 모양새가 어지간히도 놀란 모양이었다. 레베카는 주위를 둘러보다가 오필리아의 맞은편 의자를 빼들었다.

"나 여기 앉아도 되지?"

"으응."

"마침 배가 고팠는데 잘 됐다. 같이 먹자. 여기 같은 걸로 하나 추가요."

그때까지도 자리를 뜨지 못하고 안절부절못하던 여관 주인이 레베카의 말에 화색이 돼서는 쏜살같이 주방을 향해 달려갔다. 잠시 못마땅한 표정을 짓긴 했지만 오필리아는 애써 마음을 숨겼다.

"그나저나 여긴 어쩐 일이야? 여행이라면 질색이라고 전에 그랬잖아."

"아, 사람들 말이 이곳에 재밌는 게 많다고 해서."

오필리아는 대충 얼버무렸다. 다른 사람이라면 몰라도 레베카에게만은 사실 대로 말할 수 없었다.

"그런 거라면 잘 왔어. 황도만큼이나 볼거리도 풍부하고 즐길 거리도 무척 다양하거든. 하루만 겪어봐도 알 수 있을 거야. 대단한 곳이라는 걸."

"언니는 많이 와본 모양이지?"

"아니, 나도 이제 겨우 두 번째야."

"언니가 이곳에 있을 줄은 꿈에도 몰랐어. 그게 그렇게 되었으니 당연히……."

말투는 한없이 조심스러웠지만 본심을 완전히 숨기지는 못했다. 그러기엔 오필리아의 연륜이 조금 부족했다. 더욱이 그녀의 심성은 예전부터 알아본 바. 레베카는 동요를 억누르며 아무렇지 않게 말했다.

"아, 혼인첩 거절당한 것 말이구나?"

"어? 어……."

그러자 오히려 당황한 건 오필리아였다. 레베카가 스스로 그 일을 입에 담는 건 그녀가 예상하지 못한 전개였다.

사실 오필리아가 이곳까지 온 것은 레베카 때문이었다. 그녀가 거절을 당했음에도 불구하고 리안을 만나러 갔다는 소문에 더럭 겁이 났던 것이다.

레베카가 미모를 앞세워서 적극적으로 들이댄다면 세상에 어느 남자가 넘어가지 않겠는가.

백작의 성에 있어야 할 그녀가 여관에 있다는 건 좀 이상하지만, 아직 둘이 만나지 않았다는 사실에 오필리아는 안도했다.

"다 알고 있는 줄 알았는데 아닌가 보네. 왜 거절당했는지 궁금해서 물어보러 왔어."

"헉, 정말?"

제법 실감나게 연기하는 오필리아에게 속으로 박수를 치며 레베카가 어깨를 으쓱였다.

"응, 내가 원래 확실한 걸 좋아하잖아."

"그랬구나······."

"근데 막상 도착하니깐 가서 뭐라고 물어봐야 할지 걱정이 되는 거야. 민망하기도 하고. 그래서 지금 며칠째 이러고 있는 중이야."

거짓은 아니지만 그렇다고 완전한 진실도 아니었다. 걱정스럽고 민망한 마음이 들기는 하나, 레베카가 가장 두려워하는 것은 따로 있었다.

상대에게 또다시 거절을 당하는 것.

그것이 그녀로 하여금 여관을 벗어나지 못하도록 붙잡았다.

"언니도 그런 걱정을 한단 말이야?"

카타이저 백작가는 오래전부터 타운젠드 공작가와 손을 잡고 있었다. 그래서 본의 아니게 어린 시절부터 둘은 자주 만나온 사이였다.

한때는 선망의 대상이기도 했던 레베카의 약한 모습에 오필리아는 진정으로 놀랐다.

"오필리아, 나도 너와 똑같은 사람이고 여자야."

"그거야 나도 알아. 하지만 언니는 예전부터 좀 달랐거든."

"내가?"

"응, 뭐랄까. 나와는 다른 세계의 사람 같다고 해야 할까? 아무튼 그랬어. 그래서 가까이 가고 싶어도 왠지 그럴 수가 없었어."

레베카의 의외의 모습을 본 탓인지 오필리아는 자신도 모르게 그동안 하지 않았던 본심을 털어놓았다.

"다른 세계라……."

피식 웃음이 나왔다.

"그런 곳이 있다면 나야말로 가보고 싶다. 여행 다녀온 지 오래돼서 몸이 근질근질해."

"사교계의 여왕인 언니가 사라지면 다들 슬퍼할 거야."

"그것도 잠깐일걸. 다들 언제 그랬냐는 듯 평소처럼 파티를 즐길 테니 걱정 마. 너도 잘 알잖아?"

"안 그런 사람들도 있어."

"뭐, 조금 오래가는 사람도 있겠지. 하지만 차차 나아질 거야. 그보다 아까부터 마틸다가 안 보이네. 너희들 어디든 붙어 다니지 않았어?"

"아, 나보다 여행을 더 싫어하거든."

"그래?"

"응, 아주 질색해."

몸을 치장하고 가꾸는 것에나 열을 올리지, 대부분의 귀족 여인들은 여행 따위엔 관심이 없다. 그래서 레베카는 늘 유별나다는 얘기를 듣고 살았다.

"여기 계셨군요."

둘 사이에 익숙하지 않은 음성이 끼어든 것은 식사를 끝내고 막 후식이 나왔을 즈음이었다. 레베카를 향해 정중히 허리를 숙이며 인사하는 중년의 사내는 말끔한 제복 차림이었다.

그를 본 레베카의 얼굴에 반가움이 어렸다.

"알만!"

"오랜만에 뵙습니다, 레베카 아가씨. 그간 안녕하셨습니까."

"난 잘 지냈어요. 알만은 어떤가요?"

"소인이야 영주님의 은덕으로 항상 잘 지내고 있습니다."

'영주?'

오필리아의 눈동자가 순간 반짝였다. 그녀가 재빨리 레베카를 불렀다.

"언니."

눈치 빠른 알만이 그 음성에 서둘러 자신을 그녀에게 소개했다.

"칼리스타 백작가에서 집사를 맡고 있는 알만이라고 합니다. 뒤늦은 인사를 용서하십시오."

"어머, 괜찮아요! 초면인데 당연히 그럴 수 있죠. 오필리아 드 카타이저라고 합니다."

"아, 카타이저 백작가의 영애시군요. 만나 뵙게 되어 영광입니다."

알만이 아는 척까지 해주자 오필리아의 입이 귀에 걸렸다. 그녀가 기대에 찬 눈빛으로 알만을 바라봤다. 그가 이곳에 무슨 일로 왔는지 당장 듣고 싶었다.

보답이라도 하듯 알만이 레베카에게 리안의 명을 전했다.

"영주님께서 모셔 오라는 분부를 내리셨습니다."

"칼리스타 백작님께서요……?"

"네, 다른 일정이 있으시다면 원하시는 시간에 맞춰 다시 모시러 오겠습니다."

"그건 아니에요. 알겠어요. 가도록 하죠."

"밖에 마차를 대령하였으니 천천히 준비하시고 내려오십시오."

두 여인에게 깍듯이 인사를 한 후 알만은 곧 밖으로 나갔다.

'결국 이렇게 그를 만나러 가는 건가.'

오필리아의 얼굴이 환희로 물드는 것과는 반대로, 레베카의 표정은 눈에 띄게 굳어졌다. 미루고 미뤄왔던 시간이 다가오자 그녀의 심장이 격하게 뛰었다.

그러나 입술을 깨물며 꿋꿋이 자리에서 일어났다. 안 하고 후회하는 것보다는 저지르고 후회하는 편이 낫다는 게 그녀의 평소 지론이었다.

*      *      *

"도착했습니다. 내리십시오."

알만의 도움을 받으며 두 여인이 마차에서 내렸다. 리안의 성을 두 번째로 방문하는 레베카가 담담한 것과는 달리, 오필리아는 휘둥그레진 눈으로 주위를 돌아보기 바빴다. 그런 그녀의 입에서는 마차 안에서와 마찬가지로 연신 탄성의 소리가 흘러나왔다.

"와, 너무 아름다워요! 이런 곳이 있었다니!"

황도의 번화함에 익숙한 그녀다. 변방에 위치한 도시라고는 믿기 힘들 정도로 번성한 도시의 모습에 진즉 놀라기는 했으나 이 정도는 아니었다. 리안의 성은 제국에서 내로라하는 귀족들의 성 만큼이나 크고 화려했으며 그에 버금가는 품격까지 갖추고 있었다.

'이런 곳의 안주인이 된다면 어떤 기분일까!'

오필리아는 상상만으로도 짜릿했다. 시골 영지라고 내심 얕보았던 마음은 어느새 사라지고 없었다. 반드시 리안을 만나 자신의 남자로 만들어야겠다는 각오만이 더욱 커졌다.

"과연 듣던 대로에요. 아니, 그 이상이라고 해야겠네요. 정말 멋진 곳이에요!"

"과찬이십니다. 영주님은 안에 계십니다. 이쪽으로 오십시오."

오필리아의 칭찬에 겸양으로 답하며 알만이 성 안으로 그들을 안내했다.

많이 걷지는 않았지만 알만을 따라가는 동안 꽤 많은 하인들과 마주쳤는데, 그들의 옷차림에 오필리아는 또 한 번 놀라지 않을 수 없었다.

집사인 알만이야 그렇다 치지만, 하인들 하나하나가 깔끔하고 두툼한 옷들을 입고 있었던 것이다. 색상은 칙칙하고 단조로운 편이었으나 한눈에 보기에도 싸구려 천으로 지어진 옷은 아니었다. 추운 겨울을 거뜬히 날 수 있는 따뜻한 옷감인 건 말할 필요도 없다.

어디 그뿐인가. 각기 손에는 털장갑을, 발에는 털신을 신고 있었고, 몇몇은 모자에 목도리까지 두르고 있었다.

지금과 같은 날씨에 당연한 것이긴 했지만, 오필리아가 놀란 까닭은 그것이 다른 영지에서는 보기 드문 광경이었기 때문이다.

하인 전부에게 저런 옷을 입혔다가는 들어가는 돈도 돈이지만, 애초에 귀족들에게 하인들의 옷차림 따위는 관심 사항이 아니었다.

오히려 잘해주면 게으름만 피운다며 일부러 혹독하게 구는 귀족들도 있었다(오필리아의 가문도 그런 쪽에 가까웠다).

'인정이 후하다고 듣긴 했지만 이건 좀 심하잖아? 저래서 어디 일들을 제대로 하겠어? 내가 안주인이 되면 다 뜯어 고쳐야지.'

눈살을 찌푸리며 그녀가 혼자만의 다짐을 했다.

"들어가십시오."

알만이 데려간 곳은 천장에 커다란 샹들리에가 달린 응접실이었다. 바닥에는 값비싼 양탄자가 깔려 있었고, 고풍스러운

가구와 명화들로 채워진 곳이었다.

"영주님을 모셔올 테니 이곳에서 잠시만 기다려 주십시오."

곧 문이 닫히고 안에는 두 여인만이 남았다. 주위를 둘러보던 오필리아가 아까부터 말이 없는 레베카를 조심스럽게 불렀다.

"언니?"

"······어."

한 박자 느리게 레베카가 오필리아를 향해 고개를 돌렸다.

"긴장 돼?"

"그래 보여?"

"응, 조금."

"큰일이네. 너한테까지 들킬 정도면 백작님도 알아보실 텐데."

"너무 걱정하지 마. 다 잘 되겠지. 내가 옆에서 응원하고 있잖아."

"훗, 그래."

오필리아의 마음에도 없는 소리에 레베카는 절로 실소가 터졌다. 덕분에 긴장이 조금 풀리기는 했다. 한 번쯤 꼭 가보고 싶었다는 말에 못 이기는 척 데려오긴 했는데 이런 식으로 도움을 받을 줄은 몰랐다.

"고마워, 힘이 좀 나네."

"이런 걸로 뭐."

똑똑.

노크소리가 들린 것은 그때였다. 문이 열리고 제일 먼저 알만이 들어섰다.

"영주님께서 오셨습니다."

레베카와 오필리아가 서둘러 자리에서 일어났다. 동시에 리안이 모습을 드러냈다.

'아아.'

오필리아는 신음이 터져 나오려는 걸 간신히 참았다. 인간이 이다지도 아름다울 수 있다는 사실을 그녀는 다시 한 번 실감했다. 리안의 뒤로 비치는 후광 때문에 오필리아는 눈이 부실 지경이었다.

"오셨습니까."

리안이 레베카를 향해 가볍게 목례했다. 레베카도 드레스 자락을 쥐며 무릎을 살짝 굽혔다.

"불러주셔서 감사해요. 그동안 잘 지내셨나요?"

"저야 늘 똑같지요. 레베카 양께선 잘 지내셨습니까?"

"그렇다고 해야 하는데 제가 거짓말에는 서툴러서요."

말은 그렇게 했지만 분위기가 어색해지는 것은 싫었는지, 그녀가 웃으며 오필리아를 소개했다.

"이쪽은 카타이저 백작님의 따님이신 오필리아 양이에요. 우연히 만나 같이 오게 되었습니다."

"알만에게 들었습니다. 반갑습니다, 오필리아 양."

오필리아의 가슴이 두방망이질 쳤다. 마치 꿀이라도 바른 듯한 리안의 달콤한 음성에 온몸이 그대로 녹아버릴 것만 같았다. 이것이 꿈이 아니길 진심으로 바라며 그녀가 말했다.

"안녕하세요, 칼리스타 백작님. 오필리아 드 카타이저라고 해요. 전에 뵌 적이 있는데 혹시 기억하시나요?"

"물론 기억하고 있습니다. 오커너 경이 주최한 모임이었죠?"

"어머, 기억하고 계셨군요. 저는 다 잊으셨을 줄 알았어요."

"제가 기억력이 아주 나쁜 편은 아니라서요. 아, 이쪽은 비앙카 양입니다. 세 분 모두 초면은 아니시죠?"

"네?"

오필리아는 잠시 멍해졌다. 그녀의 시야가 조금씩 넓어지더니 그제야 리안의 옆에 서 있는 비앙카를 발견했다. 리안에게 온 신경을 쏟은 나머지 그녀의 존재를 미처 눈치채지 못한 것이다.

"안녕하세요."

활기찬 음성과 함께 비앙카가 두 여인을 향해 환한 표정을 지었다.

"……!"

오필리아는 갑자기 기분이 나빠졌다. 리안의 옆에 바짝 붙어있는 비앙카를 본 순간 강한 질투심이 솟구쳤다. 레베카를 견제하는 것만으로도 벅찬 지금, 그녀의 등장은 결코 달갑지 않았다.

"반가워요, 비앙카 양. 여기서 또 보는군요."

"네, 가든파티 이후로 처음 뵙네요. 그때 파티에 참석해 주셔서 감사했습니다."

굳은 얼굴의 오필리아와 달리 레베카와 비앙카는 서로 반갑게 인사했다.

리안이 두 여인을 보며 제안했다.

"마침 비앙카 양과 담소를 나누던 중이었습니다. 괜찮으시다면 합석을 해도 될까요?"

"저도 오필리아를 데려온 걸요. 괘념치 마세요."

"알겠습니다. 그럼 앉도록 하지요."

리안이 슬쩍 돌아보자 이미 준비하고 있었던 듯 하녀들이 다과를 내왔다.

"밖이 꽤 추우셨을 겁니다. 따뜻할 때 드십시오."

비앙카로 인해 조금 당황하긴 했지만 오필리아는 이내 정신을 차리고 리안에게 집중했다. 오늘의 기회를 그녀는 절대 놓칠 수 없었다.

"잘 마실게요."

그녀가 리안을 향해 눈웃음을 치며 찻잔을 입으로 가져갔다. 달짝지근하면서도 쌉쌀한 맛이 입 안 가득 퍼졌다. 개인적으로 좋아하는 취향은 아니었으나 오필리아는 속과는 다른 말을 뱉어냈다.

"어머! 차 맛이 무척 독특해요. 어쩜 제 입맛에 이렇게 쏙

맞죠? 칼리스타 백작님, 이 차 이름이 뭔가요?"

"이건 카본티라고 해요. 이곳 라모스시에서만 나는 잎으로 만든 거랍니다. 맛이 참 좋죠?"

리안을 대신해서 답한 건 비앙카였다. 그녀가 배시시 웃으며 차를 홀짝였다.

오필리아의 안면 근육이 소리 없이 뒤틀렸다. 그녀가 물은 건 리안이었다.

제까짓 게 뭔데 감히 끼어든단 말인가?

방긋거리는 면상을 손톱으로 긁어버리고 싶을 걸 겨우 참으며 그녀가 애써 밝은 어조로 얘기했다.

"그렇군요. 아버지께 가져다드리면 좋아하실 것 같은데, 시내 어디에서든 구입이 가능한가요?"

"차를 파는 곳이라면 어디든 있을 거예요. 라모스시를 대표하는 차나 마찬가지거든요. 하지만 굳이 그러실 필요는 없으세요. 그렇죠, 칼리스타 백작님?"

"네, 가실 때 제가 좀 챙겨드리겠습니다."

비앙카가 또다시 끼어든 건 짜증나지만 리안의 대답에 오필리아는 반색했다.

"정말요? 그래주신다면 저야 감사하지만, 번거롭지 않으시겠어요?"

"괜찮습니다. 저희 성에 오신 손님이신데요."

"저도 자주 얻어가곤 한답니다. 칼리스타 백작님께선 인심이 아주 후하세요."

"하하, 비앙카 양은 거의 중독자 수준이시죠."

"처음엔 그냥 그랬는데, 오빠 따라 마시다보니 어느새 저도 그렇게 돼버렸지 뭐예요. 이젠 없으면 큰일 나요."

"앞으로도 쭉 대드릴 테니 걱정 마시고 드십시오. 제가 책임지겠습니다."

"네, 백작님만 믿을게요."

마주보며 웃는 모습들이 다정한 오누이를 보는 듯했다.

그러나 사심 때문일까. 두 여인에게는 다른 상상을 불러일으켰다.

오필리아가 싸늘한 목소리로 비앙카에게 물었다.

"그나저나 비앙카 양은 라키아 경도 없이 홀로 이곳에 어쩐 일인가요? 그동안 다른 곳에 계셨으니 아무래도 무척 바쁠 것 같은데."

"안 그래도 요즘 바쁘게 지내고 있어요. 백작님께 이것저것 배우고 있는 중이거든요."

"배워요? 설마 마법을 배우시는 건가요?"

리안은 제국에 둘밖에 없는 5서클의 대마법사였다. 비앙카의 말에 오필리아는 물론 레베카가 깜짝 놀라 눈을 부릅떴다.

"아니요, 마법을 배우려면 아카데미에 들어가야죠. 제가 배우는 건 영지에 관련된 일이에요. 저기, 그런데 오필리아 양. 제 오빠의 호칭은 '경'이 아니라 '백작'입니다. 앞으로는 제대로 불러주세요."

지금은 나아진 편이지만 아직도 많은 사람들이 라키아를 부를 때 실수를 하곤 했다. 모든 일에 긍정적이고 너그러운 성격의 비앙카지만, 단 하나. 지금과 같은 경우는 그냥 지나칠 수가 없었다.

잃어버렸던 이름을 간신히 되찾았다. 비앙카는 사람들에게 자신의 가문이 똑바로 불리기를 원했다.

"……제가 그랬나요?"

미소를 띠고 있지만 비앙카의 눈빛은 매우 엄중했다. 오필리아는 떨떠름한 표정으로 고개를 끄덕였다.

"알겠습니다. 앞으로 주의하죠."

"네, 부탁드릴게요."

오필리아는 쓴 입맛을 다셨다. 하나하나가 참 맘에 안 드는 타입이었다. 핑계거리도 우습다.

배우긴 뭘 배운단 말인가. 순진한 척 귀여움을 떠는 모양새가 오라비를 등에 업고 리안에게 꼬리를 칠 속셈인 게 분명하다.

'너 따위에게 질 내가 아니야. 날 쫓아오려면 멀었지.'

계획은 오늘밤이었다.

남자들이란 다 똑같다. 리안처럼 안 그럴 것 같은 남자들도 옷만 벗어주면 다 넘어오게 되어 있다.

그걸 알기에 레베카도 여기까지 내려온 것이 아니겠는가?

말로는 이유가 궁금해서라지만 오필리아는 믿지 않았다. 레베카가 선수를 치기 전에 먼저 움직여야 했다.

"그런데 아사 님이 보이지 않는군요. 같이 계실 줄 알았는데, 어디 가셨나요?"

리안의 곁에는 항시 세 남자가 붙어 있곤 했었다.

라키아와 아사, 그리고 차이.

황제의 명을 받은 라키아야 그렇다 치지만, 아까부터 보이지 않는 아사와 차이가 레베카는 궁금했다(차이의 숨겨진 신분 때문에 그에 대해서는 왠지 물을 수가 없었다).

"아사라면 집으로 돌아갔습니다."

"아, 그렇군요. 아쉽네요. 또 볼 수 있을 줄 알았는데."

"아주 간 건 아니니 다음에 기회가 있을 겁니다."

"제가 칼리스타 백작님과 또 만나게 된다면 말이죠."

리안은 당연했고, 비앙카와 오필리아의 시선이 레베카를 향해 쏠렸다. 그녀가 갑자기 한숨을 푹 내쉬더니 뒤늦은 용건을 털어놓았다.

"사실 제가 여기에 온 건 혼인첩이 거절당한 이유를 묻기 위해서예요. 원래는 며칠 있다가 말을 꺼내려고 했는데, 성격상 그게 잘 안 되네요. 제가 할 말은 그때그때 해야 직성이 풀리는 편이라서요."

"두 분은 자리를 좀 비켜주시겠습니까?"

설마 다같이 있는 자리에서 레베카가 이런 얘기를 꺼낼 줄은 몰랐다. 리안은 하는 수 없이 찻잔을 내려놓으며 비앙카와 오필리아에게 정중히 청했다.

"네."

비앙카가 흔쾌히 일어선 반면 오필리아는 불만에 찬 표정으로 머뭇거리며 잠시 뜸을 들였다.

하지만 여기서 버티는 것도 우스운 일이었고, 더욱이 리안의 말을 거역할 수는 없었다.

'이렇게 된 거 몸단장이나 해야지.'

도착하자마자 이곳으로 온 탓에 아직 제대로 씻지 못한 상태였다. 이런 한낮에 레베카도 어쩔 수 없을 터. 오필리아는 마음을 가라앉히며 몸을 일으켰다.

"레베카 언니, 난 나가 있을게."

"응, 그래."

"칼리스타 백작님, 이따가 뵈어요."

"저녁 식사 시간에 뵙겠습니다. 알만."

리안의 부름에 알만이 고개를 숙이며 문을 열었다.

"머무르실 방으로 안내하겠습니다."

알만을 선두로 조용히 두 여인이 밖으로 나갔다. 리안이 입을 연 것은 그로부터 시간이 조금 지난 후였다.

"현명하신 분이니 길게 얘기하지 않겠습니다. 제가 혼인첩을 거절한 건 레베카 양을 마음에 두지 않았기 때문입니다."

"……!"

"제 말이 너무 직설적이었나요?"

레베카의 두 눈이 심하게 요동쳤지만 리안은 멈추지 않았다.

"안 그래도 이곳으로 출발하셨다는 소식을 듣고 어떻게. 해야 하나 고민을 했었습니다. 하지만 돌려서 말하는 건 소질도 없거니와, 그건 예의가 아니라고 판단했습니다."

"……."

"한 가지만 여쭤보지요. 레베카 양께선 남녀가 혼인을 하려면 무엇이 필요하다고 생각하십니까? 아니, 혼인을 왜 한다고 생각하십니까?"

"왜……?"

"네, 제게 혼인첩을 보내신 이유를 묻고 있는 겁니다."

리안의 갑작스런 질문에 레베카는 당황한 음성으로 더듬더듬 답했다.

"그건…… 백작님은 훌륭하신 분이고…… 제게 좋은 남편이 되실 것 같기에……."

"그러니까, 저를 사랑하지는 않는다는 말씀이시죠?"

사랑이라는 말에 레베카가 눈을 홉떴다. 그에게 관심이 가는 건 사실이나, 아직 사랑은 아니다. 그 단어를 입에 담기 위해서는 좀 더 시간이 필요했다.

"귀족들 사이에선 정략혼이 많다는 거 압니다. 하지만 전 결혼은 반드시 사랑하는 남녀가 해야 하는 거라고 생각합니다. 상대방의 모든 것을 받아들이고 이해해야 하는데, 사랑 없이는 불가능하지 않겠습니까?"

"……."

"게다가 레베카 양과 저는 서로에 대해 잘 모릅니다. 그런 우리가 어떻게 혼인을 할 수 있겠습니까?"

"말씀 중에 죄송하지만 그건 이제부터라도 알아 가면 되는 것 아닌가요? 사랑이라는 감정도 그래야 생기는 것이고요."

"맞습니다. 호감이 있다면 말이죠."

"……!"

레베카의 심장이 쿵 내려앉았다.

리안의 말을 바꿔 말하면 그녀에겐 일말의 호감도 없다는 뜻이었다. 호감이 없으니 알고 싶지도, 알아야 할 이유도 없다는 것이다.

"기분 상하셨다면 죄송합니다. 이유를 물어보려 오셨으니 확실하게 하는 게 좋을 것 같아서 솔직한 심정을 말씀드렸습니다."

면전에서 굴욕을 당했지만 레베카는 의연하려고 애썼다. 누구 때문도 아닌 스스로가 자초한 일이었다.

호감조차 없는 상대에게 거절을 당한 것도 모자라 이유까지 물어보러 왔다.

바보 같이 그동안 혼자서 무엇을 보고 있었단 말인가.

한심해도 너무 한심했다.

그는 자신을 마음에 두지 않았다고 말했다.

우습게도 레베카는 지금 깨달았다. 한 번 거절을 당했으면서도 그가 자신을 마음에 두지 않았을 거라고는 조금도 생각하지 못했다. 단순하게도 다시 거절을 당하면 어쩌나, 그것만 걱정했다.

'나도 모르게 자신감이 넘쳤던 걸까?'

어릴 때부터 너무도 당연한 삶을 살아왔다. 주변에는 항상 떠받드는 이만 있었고, 칭찬과 호의 속에서 평생을 지내왔다고 해도 과언이 아니다.

그래서 자만하지 않으려고 늘 노력했거늘, 자신도 모르게 그 익숙함에 젖어들었던 모양이다.

누군가에게 거절을 당하는 것.

자신도 그럴 수 있다는 걸 미처 잊고 있었다.

'이제라도 알았으니 다행인 건가.'

기분이 썩 좋은 건 아니었지만 왠지 시원했다. 원하는 결말이 아니었음에도 이상할 정도로 개운하다. 아직 감정 정리가 남기는 했으나 그건 혼자서 해결해야 할 문제였다.

"마지막으로 한 가지만 더 물을게요."

"말씀하세요."

"제 배경이 백작님의 결정에 조금이라도 영향을 미쳤나요?"

"흠, 글쎄요……."

리안은 잠시 생각했다가 말을 이었다.

"그 조금이라는 게 어느 정도일지는 모르겠지만, 혼인첩을 받으신 어머니께서 그러시더군요. 상대가 누구든, 설사 그것이 레베카 양이라도 제 마음이 그렇다면 반대하지 않으실 거라고."

오웬과 레베카는 모임이나 파티에서 꽤 여러 번 만난 사이였다. 다른 귀족 부인들과는 왠지 다른 그녀를 볼 때마다, 레베카는 그의 어머니답다는 생각을 하곤 했었다.

"저를 낳아주신 분입니다. 대답이 되었습니까?"

"충분히요."

"본의 아니게 결례를 범했군요. 무례를 용서하십시오."

"아니에요. 덕분에 저도 하나 배웠습니다. 오히려 귀찮게 해드려서 죄송하네요."

"레베카 양이라면 분명 좋은 짝을 만나실 수 있을 겁니다."

그냥 하는 말이 아니었다. 타운젠드 공작의 손녀만 아니었다면 친구로 삼아도 좋을 만큼 그녀는 괜찮은 여자였다.

"감사한 말씀이긴 한데, 지금 상황에서, 그것도 백작님께 들으니 기분이 조금 오묘한데요?"

"이런, 제가 실수한 겁니까?"

리안과 레베카의 음색에는 둘 다 장난기가 어려 있었다. 처음으로 격의 없는 농담을 즐기는 둘의 모습은 이전보다 한결 친해 보였다.

**리안, 있어?**

머릿속으로 아사의 목소리가 들린 것은 그때였다.

"잠시만요!"

응, 아사. 나 여기 있어!

리안은 재빨리 레베카에게 양해를 구한 뒤 아사에게 대답했다.

어디야? 어머니는 만났어? 왜 이제야 연락하는 거야. 얼마
나 기다렸다고.

미안. 바빠서 틈이 없었어.

묘인국에 들어갔다고 들었어. 무사한 거지?

무사하니까 이렇게 연락하지. 그런 바보 같은 질문이 어디
있어?

아사의 핀잔에도 리안은 히죽 웃음이 나왔다. 레베카가 어
떤 눈으로 자신을 보고 있는지도 모른 채 리안이 물었다.

어머니는 어떠셔?

으응, 어머니는…… 쿨럭쿨럭.

갑자기 왜 기침은 하고 그래? 감기 걸렸어?

함께 지내는 동안 병이라고는 난 적이 없는 아사였다. 힘든
상황 때문에 몸에 무리가 간 것일까. 리안의 얼굴이 대번에 걱
정으로 물들었다.

아니, 그냥 잠깐 목에 뭐가…… 쿨럭!

아사?

리안의 눈매가 가늘어졌다. 단순한 기침이라고 하기에는 어
딘지 이상했다. 이건 기침이라기보다 뭔가를 토하고 있는 느
낌이었다.

안 되겠다, 리안. 다음에 다시 얘기하는 게…… 좋겠어.

아사, 사실대로 말해. 뭐야, 무슨 일이야?

일은 무슨. 아니야, 나 괜…… 쿠에엑!

괜찮기는 뭐가 괜찮아! 너 지금 토하고 있잖아! 대체 어디가 아픈……! 설마, 아사 너 피를 토하는 거야? 어? 그런 거야?

리안은 숨을 멈춘 채 자리에서 일어났다.

"칼리스타 백작님?"

놀란 레베카가 리안을 불렀지만 귀에 들어올 리 만무했다. 리안의 얼굴은 하얗다 못해 파랗게 질려 있었다.

아사, 거기 어디야. 얼른 말해. 내가 갈 테니까.

리안이 주먹을 꼭 그러쥔 채 간신히 말했다. 하지만 돌아오는 대답이 없었다.

아사! 빨리 말해. 내가 가겠다고! 어디야, 거기가!

……리안, 그러지 마.

뭘 그러지 마. 어디 다친 거지? 그렇지?

머리를 울리는 아사의 목소리에는 힘이 하나도 없었다. 안 봐도 뻔했다. 리안이 걱정을 할까봐 남은 힘을 쥐어짜내 녀석은 지금껏 연기를 한 것이다.

바보 같기는. 그런다고 내가 모를 줄 알았어?

리안, 안 돼. 오지 마…….

됐으니깐 어딘지만 말해. 내가 지금 갈게.

오지 마. 오면 리안이 다쳐.

리안은 발을 동동 구르며 소리쳤다.

지금 내 걱정을 할 때가 아니잖아! 거기가 어딘지나 말하라고!

미안해, 리안. 그리고 고마웠어⋯⋯. 노력했지만, 나⋯⋯ 여기까지인 것 같아.

무, 무슨 소리야!

부탁이니까⋯⋯ 절대로 오면 안 돼. 알겠지? 약속 꼭⋯⋯ 크아악!

아사의 고통스러운 비명에 리안은 눈을 질끈 감았다. 생각보다 상태가 심각한 게 분명했다. 저렇게 계속 피를 토하다가는 얼마 버티지 못할 것이다.

리안이 묘인국까지 가려면 적어도 보름 이상은 필요했다. 그 말은 즉, 보름만 참으면 녀석이 살 수 있다는 뜻과 같았다. 리안에게는 치료 마법이 있으니까.

애써 냉정을 유지하며 리안이 침착하게 설명했다.

아사, 잘 들어. 네가 지금 차고 있는 헤이어달의 의지에는 정순한 마나가 집약되어 있어. 마나 덩어리라고 생각하면 편할 거야. 그걸 흡수해. 그거라면 내가 갈 때까지는 버틸 수 있을 거야.

⋯⋯.

아사, 듣고 있는 거지? 그치?

⋯⋯.

마나를 흡수하는 방법은 귀걸이를 깨뜨리면 돼. 힘이 없으

**면 돌덩이든 뭐든 이용해서 부숴버려! 알겠어?**

리안이 악을 썼지만 돌아오는 대답은 없었다.

부들부들 몸이 떨렸다. 하지만 격하게 뛰던 심장의 박동은 오히려 낮게 잦아들었다.

수만 가지 사념이 리안의 머릿속을 어지럽혔다.

떠나야 했다. 그것도 지금 당장.

그러나 혼자서는 안 된다. 묘인족인 아사와 2년을 함께 지냈지만 리안이 묘인국에 대해 아는 거라곤 별로 없었다. 무턱대고 갔다간 아사를 구하기는커녕 리안까지 화를 당할지도 모른다.

'방법을 찾아야 해, 방법을.'

리안은 어금니를 깨물며 골몰했다. 그리고 얼마 지나지 않아 한 사람을 떠올렸다.

묘인족과 최초로 거래를 튼 협상의 귀재, 조엘.

지금은 묘인족과 거래하는 상단이 몇 군데가 더 있지만, 알아본 바에 따르면 여전히 가장 긴밀하고 활발한 교역을 하는 곳은 조엘 상단이었다.

그라면 분명 아사를 찾는 데 도움을 줄 것이다.

'그를 만나야 해!'

레베카가 함께 있다는 사실조차 까맣게 잊은 채 리안이 쏜 살같이 밖으로 달려 나갔다.

**아사, 조금만 버텨줘.**

제8화

묘인국으로

삐이이이—

야심한 시각, 날렵하게 생긴 매 한 마리가 한자리를 빙글빙글 돌며 긴 울음을 토했다. 고요한 사막의 밤을 깨우는 그 소리에 지상에서 자고 있던 이들이 천막을 들추고 밖으로 뛰어나왔다.

"도련님, 카로입니다!"

"응, 알아."

이미 청년은 미간을 모은 채 하늘을 올려다보고 있었다. 그의 목소리를 들은 듯 그 순간 매의 울음소리가 더욱 날카롭게 밤하늘을 울렸다.

"카로!"

청년이 왼손을 높이 치켜들며 매의 이름을 외쳤다. 그러자 기다렸다는 듯 매가 무시무시한 속도로 지면을 향해 내리꽂혔다.

"잘 왔어."

날개를 퍼덕이며 왼손에 착지하는 카로의 부리를 쓰다듬으며 청년이 수하에게 눈짓했다. 대기하고 있던 수하가 재빨리 청년에게 그릇 하나를 건넸다.

"카로, 목말랐지."

그릇에 담긴 건 물이었다. 청년이 물그릇을 내밀자 카로가 허겁지겁 머리를 박고 물을 마셨다.

녀석이 물을 마시는 동안 청년의 시선은 줄곧 발목에 매인 전서를 향해 있었다.

상단이 보유한 전서응 중에서도 가장 빠른 속도를 자랑하는 카로는 급박한 일이 터졌을 때나 사용하는 녀석으로, 열두 살 때부터 상행(商行)에 나선 청년도 받아보는 건 이번이 겨우 세 번째였다.

시급을 다투는 일이 보통 그렇듯 지난 두 번 모두 그리 좋은 일 때문은 아니었다.

삐이삐이.

물을 다 마신 카로가 청년의 어깨에 부리를 비벼왔다. 오랜만에 만나서 반갑다는 녀석만의 애교였다.

마음 같아선 더 놀아주고 싶었지만 사안이 사안인 만큼 지금은 그럴 시간이 없었다.

"라누스를 따라가면 맛있는 걸 줄 거야. 이따가 보자, 카로."

카로의 발목에서 전서를 풀은 뒤 청년이 녀석을 수하에게 넘겼다.

"안쪽에 초를 피워놨습니다."

전서를 읽기에 지금의 장소는 어두운 데다 보는 눈도 많았다. 급히 처소로 발걸음을 옮기는 청년의 뒤를 초로의 노인이 뒤따랐다.


야킨 보거라.

그간 칼리스타 백작님과 함께 지내시던 아사 님께서 얼마 전에 떠나셨다는구나. 모친이신 아시란 님께서 사혼기에 드신 모양이다.

아사 님과 형인 아신 님의 사이가 좋지 않다는 것은 너도 알고 있을 것이다.

칼리스타 백작님의 말씀에 따르면 현재 아사 님께서 공격을 받아 매우 위중한 상태라고 하시는구나. 당장 묘인국으로 가셔야 한다며 도움을 요청하셨다.

상단 일만으로도 바쁜 네게 이런 짐을 맡겨 미안하지만, 할아버지를 대신해서 백작님을 잘 부탁한다.

백작님께선 묘인국까지 안내만 해주면 된다고 하셨지만, 가급적이면 야킨 네가 할 수 있는 모든 한도 내에서 도와드렸으면 한다.

돌아올 때도 반드시 칼리스타 백작님과 함께여야 한다는 것을 잊지 말거라.

조금 전에 막 출발하셨으니 로제타에 들어서기 전쯤에는
백작님과 만날 수 있을 것이다. 할아버지는 너만 믿겠다.


"아이만, 칼리스타 백작님께서 오신대."

"네?"

야킨이 전서를 읽을 동안 아이만은 조용히 자리를 지키고
있었다. 그런 그의 얼굴이 황당하다는 듯 일그러졌다.

"칼리스타 백작이라니요? 갑자기 그분이 여기에는 왜 오십
니까?"

"읽어봐."

설명하는 것보다 보는 게 빨랐다. 야킨이 전서를 넘기자 아
이만이 조속히 내용을 읽어 내려갔다.

"어떻게 생각해?"

잠시 후, 다 읽은 전서를 내려놓는 아이만에게 야킨이 물었다.

"일단 상단에 문제가 생긴 것은 아니니 다행이군요. 하지만
칼리스타 백작을 묘인국으로 데려 가는 건 매우 위험한 행동
입니다. 그곳은 허락받지 않은 인간은 절대 들어갈 수 없는 곳
입니다."

"그건 할아버지께서도 알고 계셔."

"그분과의 친분 관계가 아무리 돈독하다고 해도 이건 아닙
니다. 묘인국에서 아사 님의 처지가 어떤지는 도련님도 잘 아
시지 않습니까?"

"그래서 명을 거부하라고?"

"사태가 그렇게까지 악화되었다면 몸을 사리는 것이 좋습니다. 아신 님은 샤하의 하나뿐인 적자이십니다. 그분의 힘이 나날이 커져가는 지금, 괜히 아사 님과 연관되어 좋을 것 없습니다. 당장 상주께 전서를 넣으십시오. 못하시겠다면 제가 대신하겠습니다!"

"아이만."

종이와 펜을 찾던 아이만의 동작이 야킨의 나직한 음성에 일순 멈추었다.

"내 걱정 때문에 이런다는 거 알아. 하지만 상주의 명령은 절대적이야. 아버지께서 어떻게 되셨는지 잊었어?"

"하지만……."

"더욱이 난 장손이야. 할아버지의 뒤를 이어 상단을 이끌어야 할 책임과 의무가 있는 사람이라고. 그런 내가 명을 거부할 수는 없어. 그리고……."

항변하려는 아이만을 제지하며 야킨이 말을 이었다.

"할아버지께선 단순히 칼리스타 백작님과의 친분만으로 내게 이런 명을 내리신 게 아니야. 할아버지는 미래를 보는 안목과 감이 뛰어나신 분이야. 그 안목 덕분에 지금의 자리에 오르셨다고 늘 말씀하셨지."

야킨은 전서에 쓰인 리안의 이름을 뚫어지게 바라보았다.

"일전에 할아버지께서 그러셨어. 칼리스타 백작은 세상을 바꿀 사람이라고. 할아버지는 그래서 모른 척하실 수가 없는 거야. 그분 옆에서 세상이 바뀌는 걸 직접 눈으로 보고 싶다고 하셨거든."

"세상을 바꾼다는 건 결코 쉬운 일이 아닙니다. 상주께서 아직 어린 분께 너무 큰 기대를 하시는 듯합니다."

"냉정하게 판단해, 아이만. 나보다 어리신 분이 그동안 어떤 일을 하셨는지. 그분의 명성은 아이만도 익히 들어 알고 있잖아?"

"……."

"난 할아버지의 안목과 감을 믿어. 그리고 친구를 위해 위험을 무릅쓰고 묘인국까지 가려하는 그분의 용기를 칭찬해주고 싶어. 아무나 할 수 있는 건 아니니까."

"……알겠습니다. 도련님이 그러하시다면 저야 따라야지요."

야킨이 결정을 내린 이상 아이만은 순종할 수밖에 없었다. 평생을 그렇게 살아왔다. 여전히 탐탁지는 않았지만 그가 어쩔 수 없다는 듯 고개를 끄덕였다.

"고마워."

그제야 야킨의 안색이 한결 밝아졌다. 하지만 그건 아주 잠시였다. 다시 전서를 내려다보는 야킨의 표정이 심상치 않게 변했다.

"그런데 말이야. 이상한 점이 하나 있어."

야킨이 이마를 찡그리며 손가락으로 전서의 중앙을 짚었다.

"여기, 이 부분 말이야. '현재 아사 님께서 공격을 받아 매우 위중한 상태라고 하시는구나.' 이걸 어떻게 칼리스타 백작님께서 아시는 거지? 이건 묘인국 내에서 벌어진 일이잖아."

"그러게요. 정보원이 그곳까지 침투해 있을 리도 없고 이상하군요."

"이건 묘인국 사정에 밝은 우리도 불가능한 일이야. 통신 마법 같은 게 있다면 몰라도."

"도련님, 통신 마법은 이미 오래전에 사라진 마법입니다."

"알아, 칼리스타 백작님이 마법사니까 혹시나 해서 하는 말이야."

"정히 궁금하시면 직접 물어보십시오. 저희가 모르는 어떤 연락책이 있을 수도 있는 거니까요."

"우리가 모르는 연락책이라……."

그때였다.

"도련님!"

야킨이 눈빛을 가라앉으며 홀로 중얼거릴 때, 앳된 음성과 함께 한 소년이 천막 안으로 뛰어 들어왔다.

이번 상행에서 잔심부름을 맡고 있는 루크였다. 다급한 녀석의 음성에 아이만이 낯을 찌푸리며 물었다,

"무슨 일이냐?"

"그게 밖에 웬 손님이 오셨습니다."

"손님?"

현재 그들이 머물고 있는 곳은 사막의 한복판이었다. 지나가다 마주친 행인도 아니고 난데없이 손님이라니? 지금의 상황에서는 어울리지 않는 단어였다.

"네, 근데 그분 말씀이 본인이 칼리스타 백작이라고 하십니다."

"뭐야?"

야킨이 자리에서 벌떡 일어섰다. 전서응이 도착한 게 방금 전이다. 한데 어찌 칼리스타 백작이 이곳에 있을 수 있단 말인가?

전서에도 이제 막 출발하셨다고 분명하게 쓰여 있었다. 로제타까지는 아직 닷새를 더 가야 했다.

"정말 칼리스타 백작님이 맞느냐?"

아이만이 루크에게 다가가 다시 한 번 물었다. 그러자 녀석이 자신 없는 눈빛으로 뒤를 흘깃거렸다.

"그걸 잘 모르겠습니다. 뵌 적이 있어야지요. 밖의 형들도 모르는 눈치였습니다. 다만 풍기는 분위기나 외모가 왠지 함부로 해서는 안 될 것 같아 잠시 기다리시라고 한 후 달려온 겁니다."

"도련님."

"응, 가보는 게 좋겠어."

시간상 아닐 확률이 컸지만 확인은 필수였다. 루크를 선두로 야킨과 아이만이 빠르게 밖으로 걸어 나갔다.


그 시각, 리안은 차가운 밤공기를 마시며 사막의 별을 감상하고 있었다.

하늘에 촘촘히 박힌 무수한 별들. 그 사이로 아사의 얼굴이 언뜻언뜻 비쳤다 사라졌다.

녀석은 무얼 하고 있을까?

리안은 되도록이면 안 좋은 상상은 하지 않으려고 애썼다. 아사라면 분명 안전한 곳에서 자신을 기다리고 있을 거라고, 마치 최면을 걸 듯 스스로에게 계속 되뇌었다.

그렇게 얼마쯤 기다렸을까.

새로운 인기척이 들림과 동시에 리안을 둘러싸고 있던 상단의 무사들이 한걸음씩 뒤로 물러났다.

"저분이십니다."

야킨은 한눈에 리안을 알아봤다. 실제로 대화를 나눠본 적은 없어도 두어 번 멀리서 본 적이 있었다. 전과 달리 행색이 많이 초췌했으나 상대는 정말로 칼리스타 백작이었다.

'어떻게 이렇게 빨리……'

가장 먼저 의문이 솟았지만 야킨은 서둘러 리안에게 다가가 예를 올렸다.

"처음 뵙겠습니다. 에반스야킨이라고 합니다."

"아, 당신이 조엘 상주님의 손자로군요. 반갑습니다. 불청

객 주제에 이런 밤중에 찾아와서 정말 죄송합니다."

얼굴이 닮아 예상은 했었다. 리안은 환하게 웃으며 야킨에게 인사했다.

"불청객이라니요. 당치도 않습니다. 사막에서 달리 갈 곳이 어디 있겠습니까? 잘 오셨습니다. 어서 안으로 드시지요."

사막의 밤은 차다. 뒷정리는 아이만에게 맡기고 야킨이 리안을 자신의 천막으로 안내했다. 루크가 얼마 지나지도 않아 뜨거운 차를 두 잔 내왔다.

"따뜻할 때 드십시오. 혹시 시장하시다면 식사를 차리라고 하겠습니다."

"아니요, 이걸로 충분합니다."

마침 목이 타던 중이었다. 리안은 정중히 거절하며 차를 들이켰다.

"안 그래도 조금 전에 할아버지께 연락을 받았습니다. 그런데 홀로 오신 겁니까?"

"어쩌다 보니 그렇게 되었습니다."

급히 서두른 탓도 있지만 같이 올 만한 사람이 없었다는 게 더 정확한 이유였다.

수면기에 든 차이, 기사단을 이끌고 출정한 라키아. 아사를 살리는 데 제일 큰 힘이 되어줄 둘이 공교롭게도 모두 자리를 비운 상태였다.

리안 혼자서는 절대 보낼 수 없다며 엘이 따라오길 강력히

요청했지만, 그녀는 리안을 대신해서 해야 할 일들이 많았다.

빈자리를 메울 수 있는 사람은 그녀뿐이라는 리안의 말에 엘은 차마 거부하지 못했다.

"할아버지께서 이미 명하신 일이지만 노파심에서 다시 한 번 여쭙겠습니다. 정녕 묘인국에 가실 생각입니까?"

"네, 반드시 가야 합니다."

리안은 확고한 대답과 함께 덧붙였다.

"하지만 조엘 상단에 폐를 끼치고 싶지는 않습니다. 절 묘인국까지만 데려가 주시면 그 뒤는 알아서 하겠습니다."

"후우, 칼리스타 백작님께선 묘인족에 대해 전혀 모르시는 모양입니다."

야킨이 작은 한숨을 내쉬었지만 비웃음이 담겨 있지는 않았다. 리안이 의아하게 쳐다보자 그가 설명했다.

"백작님은 물론 저를 포함한 모든 상단 식구들은 묘인국에 들어서는 순간 그들의 눈을 피할 수 없습니다. 우리는 그들과 다른 인간이니까요."

"무슨 뜻이죠?"

"짐승에게는 각자 고유의 향이 있지 않습니까? 그건 인간도 마찬가집니다. 그리고 묘인족은 후각이 매우 발달한 종족입니다."

"설마 냄새로 인간을 알아본다는 말씀인가요?"

리안은 깜짝 놀랐다. 그런 사실은 아사에게서도 미처 듣지 못했던 것이다(그럴 필요성이 있지도 않았지만).

"네, 그렇기 때문에 어딜 가든 저희는 눈에 띌 수밖에 없습니다. 냄새는 숨길 수가 없는 것이니까요."

리안의 검은색 눈동자가 당혹감에 흔들렸다. 애초에 어떤 구체적인 계획이 있었던 것은 아니었다. 그저 적당히 마법을 이용해 숨어 다니면서 아사를 찾아다닐 생각이었다.

하지만 냄새라면 이야기가 달라진다. 야킨의 말처럼 체향 자체를 숨길 수는 없다. 냄새까지 사라지게 하는 마법으로 은둔 마법이 있기는 하나, 아직 리안에게는 무리였다.

'그림자의 춤이 있었으면 좋았을 것을.'

지금은 레지나에게 주고 없는 그림자의 춤이 저절로 그리워지는 순간이었다.

"그래도 가실 겁니까?"

야킨은 혹시나 해서 다시 한 번 물었다. 당황하긴 했으나 리안은 한 치의 망설임도 없이 대답했다.

"아사를 만나지 않는 한, 제 뜻은 변하지 않습니다."

"알겠습니다. 백작님의 뜻이 정 그러하시다면 제가 돕도록 하지요."

"이미 말씀드렸다시피 묘인국까지의 안내만 부탁드리겠습니다. 그 이상은 상단에 피해가 갈 수 있으니 마음만 감사히 받겠습니다."

딱히 방법이 있는 것은 아니었지만 무턱대고 그의 도움을 받을 순 없었다. 리안을 묘인국으로 데려가는 것만으로도 그들에게는 모험일 수 있었다.

"제가 할아버지께 받은 명은 칼리스타 백작님을 무사히 모시고 돌아오라는 것이었습니다. 그러니 거절하지 말아주십시오. 제가 크게 혼이 날 수도 있습니다."

"묘인족과 거래를 하고 계시니 그곳에서 아사의 입지가 어떠한지는 저보다 더 잘 아실 겁니다. 괜히 절 도왔다가 아신이란 자의 눈 밖에 나기라도 하면 거래 자체가 끊길 수도 있습니다."

"만일 그렇게 된다면 그건 상단에서 해결해야 할 문제니 백작님께선 신경 쓰실 필요 없습니다. 그리고 그렇게 된다 해도 백작님을 원망하는 일 또한 없을 겁니다. 결정은 제가 한 것이니까요."

"목숨이 위험할 수도 있습니다."

다른 수인족들처럼 묘인족 또한 매우 호전적인 종족이었다. 그들에게 자신들의 소굴로 걸어 들어온(더욱이 다음 대 샤하인 아신의 뜻에 반하는 행위를 하는) 인간 몇 명쯤 없애는 건 아무것도 아닐 것이다.

리안의 말투가 심각해지자 야킨이 위로하듯 부드러운 어조로 말했다.

"벌써부터 그런 걸 걱정하실 필요는 없습니다. 저도 최대한 신중하고 조심스럽게 움직일 테니 너무 염려하지 마십시오."

"정말 제가 도움을 받아도 괜찮겠습니까?"

야킨이 도와준다면 리안으로서는 한결 쉬워질 게 분명하다. 하지만 그러자니 상관없는 사람을 끌어들이는 것 같아 마음이 편치 않다.

그런 리안의 속을 알기라도 하듯 야킨이 빙그레 미소를 지었다.

"당연히 괜찮습니다. 오히려 이렇게나마 칼리스타 백작님을 도울 수 있게 되어 영광입니다."

"……그럼 염치없지만 에반스야킨 님의 도움 감사히 받겠습니다. 모쪼록 잘 부탁드립니다."

"그냥 야킨이라고 불러주십시오. 다들 그렇게 부릅니다."

"오늘의 은혜는 반드시 갚겠습니다."

결국 리안은 야킨의 뜻을 받아들였다. 애당초 목적이 아사를 무사히 묘인국에서 빼내오는 것이었다. 그러기 위해선 그의 도움이 필수 불가결일지 모른다.

지금은 아사를 구하는 것에만 집중하기로 리안은 다시 한 번 다짐했다.

"아직 은혜라는 말을 듣기에는 이른 듯합니다. 묘인국의 땅을 밟으려면 앞으로 닷새는 더 가야 하고, 거기에서 수도까지 또다시 열흘을 가야 합니다."

"꽤 오래 걸리는군요."

"아무래도 물건을 싣고 가는 것이다 보니 그렇습니다."

말을 타고 달리면 훨씬 단축이 되겠지만 리안 하나 때문에 그렇게까지 할 수는 없었다. 더구나 물건도 없이 달랑 사람만 도착한다면 더욱 이상하게 생각할 수도 있었다.

"밤새도록 달려오셨으면 상당히 피곤하시겠습니다. 자세한 얘기는 가면서 차차 하기로 하고 오늘은 이만 쉬시는 게 어떻겠습니까?"

"듣던 중 정말 반가운 말씀입니다."

리안은 기꺼이 자리에서 일어났다. 따뜻한 차를 마신 탓인지 안 그래도 노곤해지던 차다. 황도에서 바우시까지는 워프 게이트가 있어 크게 힘들진 않았지만, 바우시에서 이곳까지는 쉬지 않고 달렸다.

사막에서는 말을 탈 수 없어 낙타를 구입했는데, 날아가는 매를 발견한 후에는 그마저도 버리고 맨몸으로 여기까지 왔다.

매를 쫓느라 중간 중간 마법을 무리하게 운영하는 바람에 사실 체력이 거의 바닥난 상태이기도 했다.

"주무실 곳으로 모시겠습니다."

야킨을 따라 밖으로 나갔을 땐 아까와 달리 경계를 서는 몇몇만이 깨어 있었다.

휘이잉.

차가운 모래 바람이 북쪽으로부터 불어왔다.

아사가 있는 곳. 리안은 애써 그곳에서 시선을 거두며 조용히 야킨을 따라 걸었다.

*　　*　　*

　여정은 순조로웠다. 리안은 상단 사람으로 완벽히 위장을 하고 며칠 전 묘인국으로 입국했다.

　당분간 리안의 신분은 상단의 신임 회계사였고, 호칭은 이름 뒤에 '님' 자를 붙이기로 입을 맞췄다.

　처음에는 이름을 부르는 것에 대해 다들 어색하고 불편해했으나, 반말을 하는 것도 아니고 단순히 호칭만 바뀌는 것이었기 때문에 어렵지 않게 적응했다(몇몇을 빼고는 대화를 나눌 일이 거의 없기도 했다).

　"리안 님, 야킨입니다. 들어가도 되겠습니까?"

　"아, 네. 들어오세요."

　저녁 식사 후, 홀로 천막에서 책을 읽고 있던 리안은 밖에서 들리는 야킨의 음성에 책을 덮으며 자리에서 일어났다.

　"독서중이셨습니까?"

　야킨이 만면에 웃음을 띤 채 안으로 들어왔다. 올해 스물세 살의 야킨은 할아버지를 닮아 미소가 선량한 청년이었다. 제2의 미소 천사라고 불러도 무방할 만큼 그의 얼굴에서는 미소가 떠날 날이 없었다.

　"마땅히 시간 때울 게 없어서요. 루크 군에게 얻었습니다."

　리안은 손에서 책을 내려놓고 한쪽에 놓인 탁자로 야킨을 데려갔다.

리안을 배려한답시고 조엘 상단에서는 노숙을 할 때마다 매번 천막은 물론, 그 안에 푹신한 침대와 탁자, 그리고 두꺼운 양탄자까지 깔아주고 있었다.

번거롭게 이러지 않아도 된다며 리안이 몇 차례나 이야기를 했지만 그들에게는 통하지 않았다. 오히려 가만히 있는 것이 돕는 거라며 아무 일도 시키지 않는 통에, 리안은 여행 내내 있는 듯 없는 듯 지내오고 있었다.

"다름이 아니라 리안 님께 드릴 말씀이 있어서 찾아왔습니다."

"말씀하세요."

어쩐지 야킨의 말투가 다른 날과 달리 진지했다. 리안은 자세를 고쳐 잡으며 야킨을 응시했다.

"아마도 오늘이 마지막 노숙이 될 것 같습니다."

"그 말씀은……."

"네, 내일부터 진짜 묘인족의 땅에 들어섭니다. 지금까지 온 길도 묘인국의 한 부분이기는 합니다만, 리안 님도 보셨다시피 그곳엔 묘인족이 살지 않습니다. 일종의 경계선이라고 할까요? 그들과 우리 인간과의."

"역시 그랬군요. 안 그래도 묘인족이 보이지 않아 그렇게 짐작하던 차였습니다."

리안의 대답에 야킨이 고개를 끄덕이며 말을 이었다.

"내일 도시에 들어서면 전 일단 상황을 먼저 알아볼 생각입니다. 수도에서 떨어진 도시라고 해도 어느 정도 소문은 돌기 마련이니까요."

"괜히 말을 꺼냈다가 수상한 인간으로 몰려 위험해지지는 않겠습니까?"

"저는 물건을 팔러 온 상인입니다. 고객의 상황에 대해 궁금히 여기는 것은 상인의 기본이지요. 리안 님께 자세히 말씀 드리지는 못하지만, 제게 기꺼이 정보를 제공할 분들이 이 묘인국 내에 적어도 한둘은 계십니다."

야킨이 자신 있는 표정을 지었지만 리안의 불안감은 완전히 가시지 않았다.

여기는 묘인족들이 우글거리는 그들의 본거지다. 만일 인간인 자신들이 잘못을 저지른다면, 아무리 작은 것이라도 몇 배로 커져 어떤 결과를 불러올지 모른다.

똑똑한 사람이니 알아서 하겠지만, 벌써부터 걱정이 되는 건 리안도 어쩔 수가 없었다.

"아무튼 그런 이유로, 리안 님께 몇 가지 당부드릴 것이 있습니다."

"특별히 조심해야 할 사항 같은 거라도 있는 겁니까?"

"당연히 있습니다. 인간도 각국에 따라 생활 습관이나 문화가 다르지 않습니까? 하물며 그들은 묘인족입니다. 지금부터 제가 드리는 말씀을 귀 기울여 잘 들어주십시오."

"경청하겠습니다."

"우선 가장 주의하실 것은 묘인족 누구와도 시선을 정면으로 마주치지 마십시오. 만일 어쩔 수 없이 마주쳤다면 눈에서 힘을 빼시고 아무렇지 않은 듯 조용히 피하셔야 합니다. 그렇지 않으면 그들은 그것을 공격 신호로 받아들입니다."

"대화를 나눌 때도 말입니까?"

"물론 그럴 경우엔 조금 다릅니다. 대화중일 때에는 시선을 마주치되, 중간 중간 눈을 천천히 깜박여 상대에게 적의가 없다는 것을 보여주십시오."

"요점은 어떤 상황에서든 뚫어지게 바라보지 말라는 말씀이군요. 알겠습니다."

아사와 2년이라는 시간을 함께 보냈음에도 지금껏 전혀 몰랐던 사실이다. 리안은 야킨의 충고를 머릿속 깊이 새겼다.

"반드시 그리하셔야만 합니다. 묘인족은 육체적으로 굉장히 뛰어난 종족입니다. 근력이 대단해서 혼자서도 성인 남자 여럿의 힘을 가뿐히 상회할 뿐만 아니라, 움직임이 빨라 육안으로는 식별이 불가능할 정도죠. 공격 시에는 손톱과 발톱이 길어진다는 것을 아실 겁니다."

"본 적이 있습니다. 벼린 칼처럼 예리하고 강도가 무척 세 보이더군요. 검에 필적할 만큼."

"맞습니다. 전에 상단 식구 중 한 명이 어린 묘인족의 심기를 건드린 모양입니다. 그 대가로 그는 한쪽 귀가 날아가고 목에 큰 상처가 생겼지요."

끔찍한 기억이라는 듯 야킨이 이마를 찌푸렸다.

"묘인족은 대단히 폐쇄적인 집단이지만, 상대적으로 호기심도 매우 많은 편입니다. 그래서 저희 상단은 그들에게 항상 환영을 받지요. 우리는 그들에게 인간의 물건을 가져다주는 고마운 존재들인 겁니다. 해서 사소한 건 보통 이해를 하며 넘어가주곤 했습니다."

"그런데 그 어린 묘인족은 아니었단 겁니까?"

"네, 시선이 마주쳐서 배운 대로 힘을 풀고 고개를 천천히 돌렸는데, 그 순간 사납게 달려들었다는군요. 나중에 들어 보니 성장기 묘인족들은 특히 예민하다고 합니다. 인간으로 치면 아마도 그때가 사춘기가 아닐까 싶습니다. 그러니 어린 묘인족들은 특히나 조심하십시오."

백 번을 말해도 모자라지 않다는 듯 야킨은 거듭 당부했다.

"어리다는 게 눈으로도 구분이 가능합니까?"

"그건 보시면 금방 파악이 되실 겁니다. 아직 덜 자랐다는 게 느껴지거든요. 아, 중요한 걸 빼먹을 뻔했습니다. 성장기 묘인족보다 더욱 조심해야 할 게, 발정기가 찾아온 묘인족입니다. 흥분이 잦고 불안해지는 시기이기 때문에 되도록이면 함께 있지 않는 것이 좋습니다."

"묘인족에게도 발정기가 있습니까?"

리안은 적지 않게 놀랐다. 지금까지 발정이란 동물에게만 있는 것인 줄 알았기 때문이다.

새로운 사실이 신기한 한편, 아사를 떠올리니 왠지 미묘한 기분이 들었다.

"그들도 반은 동물이니까요."

"······그렇죠."

아사는 항상 반대로만 얘기 했었다.

　　　나도 반은 인간이야.

어차피 같은 말이긴 하다. 하지만 이상하게도 리안에게는 전혀 다르게 들려왔다.

아사가 자신과는 다른 존재라는 걸 이제야 실감했다고 할까?

녀석에 대한 마음이 변한 것은 아니었다. 단지 아사가 묘인족이라는 사실이 새삼스럽게 다가온 것일 뿐이었다.

"끝으로 묘인족은 신분에 따라 갖춰야 할 예의가 다릅니다. 계급은 총 다섯 가지로 나뉘는데 순서대로 에크, 토우, 틴, 챠르, 판이라고 칭합니다."

"순서대로라면 에크가 혹시 왕족과 비슷한 건가요?"

"네, 그렇습니다. 에크가 왕족, 토우가 대귀족, 틴은 그냥 귀족, 챠르가 일반적인 묘인족, 그리고 판이 노예를 말합니다. 판 계급을 빼고는 모두가 이름으로 쉽게 구분이 가니 잘 기억해 두십시오."

긴 설명에 앞서 야킨이 잠시 목을 축였다.

"먼저 에크 계급은 모두 이름이 '아'로 시작합니다. 그들에 대한 예우는 보는 즉시 자리에 엎드리는 것으로, 허락이 떨어지기 전까지는 고개조차 들면 안 됩니다."

"인간인 우리도 말입니까?"

"물론입니다. 저희라고 예외가 될 수는 없습니다."

야킨은 단호하게 고개를 가로저었다.

"두 번째는 대귀족인 토우 계급입니다. 이들은 모두 이름이 '라'로 시작합니다. 샤하의 첫째 부인이시자 아신 님의 어머니이신 아라다 님이 토우 출신이시죠."

"토우라면서 왜 이름이 아로 시작하죠?"

"그건 묘인족은 계급이 다른 이들끼리 혼인을 하면 남녀에 상관없이 높은 쪽의 신분을 따라가게 되어 있습니다. 그럴 경우 이름 앞에 글자를 하나 추가하지요. 아라다 님의 현재 신분은 에크입니다."

"아, 그러면 아사의 어머니인 아시란 님도……?"

"맞습니다. 참고로 원로원의 대부분이 에크와 토우로 구성되어 있다고 보시면 됩니다."

"원로원은 또 무엇인가요?"

"원로원이란 제국에 대신들이 있는 것처럼 묘인국을 다스리고 지배하는 이들의 단체입니다. 익히 알고 계신 미하 님이 바로 원로원 소속이십니다."

"미하가요? 하지만 그의 이름은……?"

"네, 미하 님은 이름이 미로 시작하시니 에크도 아니고 토우도 아니죠. 미하 님은 세 번째 계급인 틴이십니다. 소수이긴 하지만 틴에서도 원로원에 드시는 분들이 간혹 있으시지요. 틴 계급은 이름이 '미' 나 '류' 로 시작합니다."

"류도 그렇다면, 류지도 그럼 틴이겠군요?"

"네, 하지만 류지 님의 가문은 틴이긴 해도 묘인족 내에 미치는 영향력은 토우에 못지않습니다. 그 까닭은 류지 님의 아버지인 류하 님께서 원로원의 장로이시기 때문이죠. 장로는 원로원에서도 매우 중한 직책입니다."

신분제 사회에서 에크와 토우를 제치고 틴이 장로가 되었다는 건 그 능력이 절대 범상치 않다는 뜻이었다.

아사를 서둘러서 찾아야 하는 이때, 아군이나 다름없는 류지의 가문이 묘인국에서 이런 위치라면 도움이 되면 되었지 방해는 안 되리라.

그러고 보니 경황이 없어 류지의 안부는 아사에게 묻지도 못했다. 류지뿐 아니라 미하와 라파스는 어떻게 되었을까?

'다들 부디 무사해야 할 텐데…….'

리안이 친구들에 대한 걱정으로 사무칠 때 야킨이 계속 말했다.

"토우와 틴에 대한 예우는 간단합니다. 어떤 상황에서든 움직임을 멈추고 가볍게 고개를 숙이시면 됩니다. 물론 이때도 허락이 있을 때까지는 가만히 계셔야 합니다."

"허락을 참 중요시 하는 종족 같군요."

"그들이 빠르다는 걸 잘 아시지 않습니까. 묘인족들은 자신들의 시야 밖에서 움직이는 걸 가장 싫어합니다. 그들 앞에서는 되도록이면 정적이고 느리게 행동하십시오."

"명심하지요."

"자, 그럼 남은 것이 챠르와 판인가요? 우선 챠르는 일반적인 묘인족들로 이름에 딱히 구분이 없습니다. 단, 앞서 언급했던 '아, 라, 미, 류', 이 네 글자는 이름의 첫 글자로 사용하지 못합니다. 제국으로 치면 일반 평민에 해당되기 때문에 특별히 차려야 할 예의도 없지요."

이미 예상하고 있었다. 리안이 묵묵히 고개를 주억이자 야킨이 남은 판에 대해 설명했다.

"인간 세상에 노예가 있듯 여기에도 노예는 존재합니다. 단, 이곳은 특이하게도 중범죄를 지은 죄인만이 노예가 되지요. 그들을 통칭 판이라고 부릅니다."

"죄를 진 자들이라면 이름이 각자 다를 텐데 구별하는 방법은 있습니까?"

"물론 있습니다. 죄인이라는 표식으로 목이나 팔에 방울을 달고 있거든요."

"방울을요?"

"네, 그런데 신기한 건 그 방울에서 소리가 나지 않는다는 겁니다. 궁금한 나머지 어느 분께 여쭤보았더니, 소리가 정말 안 들리나며 오히려 신기해하더군요. 아마도 청각이 발달한 묘인족만이 들을 수 있도록 제작이 된 것 같습니다."

"노예란 세상 어디를 가든 존재하는군요."

리안의 씁쓸한 음성에 야킨이 변명하듯 덧붙였다.

"노예라곤 하지만 그래도 인간 세상과는 많이 다릅니다. 노예의 자식도 노예인 우리와는 달리, 이들은 노예의 자식이라도 일단은 판이 아니라 챠르로 구분됩니다. 그래서 판을 부모로 둔 챠르도 상당히 많습니다."

"그게 가능한가요?"

"네, 그것에 대한 차별 또한 없으니 참 신기하지요?"

야킨은 물을 한 모금 더 마신 뒤 리안을 보며 웃었다.

"그게 바로 묘인족입니다. 어떤 면에선 우리 인간과 한없이 비슷하지만, 또 어떤 면에선 한없이 다른 종족. 그래서 잠시도 틈을 보일 수가 없지요."

"……."

"이 정도면 오늘 제가 드릴 말씀은 다 한 것 같습니다. 따로 궁금하신 사항이 있다면 지금 물어보십시오. 없으시다면 전 이쯤에서……."

"아니요, 있습니다. 아신에 대해서 말해 주세요."

"아신 님이요?"

"네, 그에 관해 알고 싶습니다. 그의 생김새라던가 성격 뭐 아무거나 좋습니다. 무엇이든 생각나는 대로 말씀해 주세요."

아사가 어디에 있는지도 모르는 지금 단서는 녀석의 형뿐이었다. 아사를 죽이려면 어느 곳에 있는지부터 알아야 하니 그쪽에서도 분명 찾고 있을 터. 기회만 된다면 그에게 접근하여 정보를 빼내야 했다.

"음, 생김새라. 갑자기 그걸 말로 표현하려니 애매하네요."

"어려우시면 간단히 특징 같은 걸 꼽아서 설명해주시면 됩니다."

"특징이랄 것까지는 없겠지만, 아신 님을 간단하게 설명하자면 검은 고양이라고 할 수 있습니다."

"검은 고양이요?"

"네, 아사 님은 빛나는 황금색 털을 갖고 계시지 않습니까? 아신 님은 반대로 아주 까맣지요. 전에 고양이로 변신하신 모습을 잠깐 본 적이 있습니다."

아신인 줄 몰라보고 하마터면 실수를 할 뻔했다는 건 야킨은 말하지 않았다.

"인간으로 변했을 때는 어떻습니까?"

"인간의 모습이실 때도 크게 다르지 않습니다. 다갈색 피부에 허리를 넘는 긴 흑발, 그리고 눈동자는 은백색입니다. 언제나 무슨 생각을 하고 계신지 파악이 안 되는 눈빛을 하고 계시죠."

"인상이 차가운가요?"

"차갑다는 말은 왠지 어울리지 않습니다. 그보다는 냉엄한 게 맞겠네요. 실제로 성품도 그러하신 듯합니다. 임무를 실패 했다는 이유로 가장 아끼던 수하를 팔까지 자르고 내쳤으니까 요."

"임무 실패?"

리안이 눈매를 가늘게 모으자 야킨이 잠시 주저하는 듯하더 니 이내 말했다.

"2년 전 아사 님을 놓친 것 말입니다. 사드 님은 아신 님의 오른팔이나 마찬가지였습니다. 그런데 그런 분의 팔을 단칼에 자르고 쫓아내셨지요. 잘못한 자에게는 인정사정이 없는 분이 십니다."

"하하, 저는 그 사드라는 자에게 상이라도 주고 싶군요."

아사를 해치려고 한 죄는 용서할 수 없으나, 그의 실수 덕분 에 아사가 살았으니 하는 말이었다.

"농담이시겠지만, 사드 님은 어디로 가셨는지 그 뒤로 아무 도 본 적이 없습니다. 소문에는 가끔씩 나타나신다고는 하는 데 잘 모르겠네요."

야킨은 이후로도 자신이 알고 있는 아신에 대한 이야기 몇 가지를 더 들려주었다. 그리고 리안은 그의 얘기를 들으면 들 을수록 이해할 수가 없었다.

형이라는 자가 동생을 잔혹하게 핍박하고 있는데 대체 샤하 라는 자는 무엇을 하고 있단 말인가? 혹시 아사가 서자라서 모른 척하는 것인가?

리안은 아신뿐 아니라 샤하에게도 강한 분노가 일었다.

"듣자 하니 아신은 타고난 힘이 강할 뿐만 아니라 역대 후계자 중 가장 많은 지지를 얻고 있다더군요."

"네, 그렇습니다."

"그런 자가 지금 아무 힘도 없는 동생을 죽이려고 합니다. 그것도 아주 공공연하게 말입니다. 그런데 어째서 그들의 아버지는 가만히 있는 겁니까? 샤하라는 자는 아사에 대한 애정이 조금도 없는 건가요?"

"후우, 그건 아닙니다. 애정이 없는 건 샤하가 아니라 오히려 아시란 님이셨죠."

"……그게 무슨 뜻이죠?"

아사의 엄마가 아사에게 애정이 없다니?

리안은 자신도 모르게 숨을 멈춘 채 물었다. 갑자기 가슴이 심하게 두근거렸다.

"모르셨습니까?"

의외라는 듯 야킨이 눈을 동그랗게 떴다. 그러다 작은 한숨을 내쉬며 아시란에 대해 말해 주었다.

그의 설명을 한 줄로 요약하자면 이랬다.

아들에게 관심조차 없는 엄마.

아시란의 본래 신분은 아신의 모친인 아라다의 시녀였다고 한다. 어려서부터 신분 상승이 꿈이었던 그녀는 타고난 미모로 발정기가 찾아온 샤하를 침실로 유혹하는 데 성공하고, 이 듬해 아사를 낳았다고 한다.

하지만 아시란에게 아사는 관심 밖이었다. 하루아침에 신분이 챠르에서 에크로 껑충 뛰어오른 그녀는 오로지 비싼 옷과 장신구로 자신을 치장하는 것에만 온 신경을 쏟았다.

아사를 키운 건 녀석의 유모였고, 아사가 어미 품에 안겨본 건 눈앞에 샤하가 있을 때뿐이었다.

"그만! 그만 하세요."

더는 듣기가 힘들었다. 그 밝고 귀여운 녀석에게 어째서 이런 형편없는 가족들만 있는 것일까.

동생을 죽이려는 형에 이젠 애정도 없는 엄마라니. 리안은 그저 기가 막혔다.

'바보 같은 녀석.'

그런 엄마도 엄마라고 죽음을 무릅쓰고 여기까지 온 아사가 리안은 정말 바보 같았다.

"너무 마음아파하지 마십시오. 아사 님이 샤하에게까지 냉대를 받은 것은 아니니까요. 샤하께선 아사 님을 누구보다도 예뻐하셨습니다."

"이쪽에선 예뻐한다는 게 아들이 죽을 위기에 처해도 모르는 척하는 건가 보지요?"

리안이 비아냥거리자 야킨이 눈빛을 가라앉히며 설명했다.

"그럴 리가 있겠습니까. 다만 이건 그들의 전통일 뿐입니다.”

“전통…… 이라니요?”

“샤하는 후계자의 싸움에 관여하지 않는 것이 오래전부터 내려오는 그들의 전통입니다. 이곳은 강한 자만이 살아남는 약육강식의 세계입니다.”

제9화

라문

　리안이 묘인국의 수도 레잔타에 도착한 건 그로부터 일주일
이 지난 후였다.

　첫 도시에서도 그랬지만, 역시나 이곳에서도 조엘 상단은
묘인족들의 열렬한 환영을 받았다.

　다양한 색상의 터번을 머리에 두르고, 화려한 장신구로 온
몸을 치장한 묘인족들이 너도나도 물건을 보여 달라며 상단
사람들을 괴롭혔다.

　그런 그들은 대부분이 인간의 모습을 하고 있었는데, 하나
같이 역동적이면서도 무척 여유로운 분위기를 풍겼다.

　"저기가 샤하가 사는 궁입니다."

상단의 행렬은 사방이 묘인족들로 꽉 둘러싸인 상태였다. 묘인족은 인간을, 인간인 리안은 몰려든 묘인족을 구경하느라 정신이 없을 때, 야킨이 리안에게 다가오며 손으로 앞쪽을 가리켰다.

그제야 리안의 시선이 묘인족이 아닌 다른 것으로 옮겨갔다.

"……!"

사람이 너무 놀라면 말을 잃는다고 했던가. 처음 보는 건축 양식에 리안의 두 눈이 휘둥그레졌다.

"독특하지 않습니까?"

"네, 굉장히 특이하군요. 이제껏 보았던 것과는 전혀 다릅니다."

"샤하의 궁이니까요. 처음 이곳에 왔을 때 제 나이가 열네 살이었습니다. 그때 저 궁을 보고 한동안 아무 말도 하지 못했지요. 예전이나 지금이나 제게 감동을 주는 곳입니다."

야킨이 개인적으로 묘인국에서 가장 좋아하는 곳이 바로 샤하의 궁이었다. 이 궁전에 반해 할아버지를 졸라 묘인국과의 거래를 맡게 되었다는 건 상단 식구들이라면 누구나가 다 아는 얘기였다.

"다른 말로 베스티유 궁이라고도 부릅니다. 외관만큼이나 내부도 멋진 곳이죠."

"곳곳에 높이 솟아있는 저 둥근 탑들은 무엇인가요?"

"아, 그건 전망대 겸 감시탑입니다. 리안 님도 아실지 모르겠지만 묘인족들은 높은 곳을 참 좋아하더군요."

"아사도 늘 높은 곳에 올라가서 저를 놀라게 하곤 했는데, 그게 장난이 아니었던 겁니까?"

"묘인족들에겐 일상 같은 것입니다. 균형 감각이 뛰어나기 때문에 떨어질 리도 없지만, 만약 떨어진다고 해도 크게 다치지는 않는다고 들었습니다. 묘인족들은 날 때부터 안전하게 착지하는 법을 알고 있다더군요."

부럽고 신기하다는 듯 야킨이 리안을 보며 생긋 웃었다.

리안은 궁으로 다시 시선을 돌렸다.

"궁전이 정말 아름답습니다. 특이한 모양도 모양이지만, 파스텔 톤의 색조가 무척 인상 깊네요."

줄곧 무채색 계열의 건물만 봐오다가, 연하지만 밝은 색으로 칠해진 건물들을 보니 리안은 이곳이 정녕 다른 세상임을 새삼 의식했다.

묘인국은 상상했던 것보다 훨씬 다채로운 곳이었다.

다듬어지지 않은 자연 그대로의 상태를 유지하는 곳이 있는가 하면, 인간 세상에 버금갈 정도로 정교하고 세련되게 가꾸어진 것들이 보는 이의 눈을 즐겁게 했다.

그 모든 것들에는 어느 것에도 구애받지 않는 그들만의 자유분방함이 느껴졌고, 고유하고 특별한 문화 또한 엿볼 수 있었다.

"저는 일단 궁으로 가서 보고를 해야 합니다. 리안 님께서는 상단 식구들과 함께 먼저 숙소에 가 계십시오."

"첫날부터 너무 무리하지는 마십시오."

"알겠습니다."

리안의 말뜻이 무엇인지 그가 모를 리 없었다. 야킨이 그러 겠노라 약속하며 옆을 돌아봤다.

"루크, 리안 님을 잘 부탁한다."

"네, 도련님. 다녀오세요."

루크의 믿음직스런 음성을 뒤로하고 야킨과 아이만이 행렬 을 뚫고 앞으로 나갔다.

이미 앞쪽에는 묘인족 일행이 마중을 나와 있었다. 분위기 나 차림새가 어쩐지 달라 보이는 것이, 아마도 궁에서 나온 자 들 같았다.

"리안 님, 이쪽으로 오세요."

어느새 행렬은 목적지에 다다라 있었다. 리안은 고개를 들 어 눈앞의 건물을 올려다봤다. 그리고 마찬가지로 조금 전처 럼 말을 잃었다.

"묘인국에 오면 저희가 항상 묵는 곳이에요. 리안 님은 도 련님과 함께 오층에서 지내시게 될 겁니다."

말이 오층이지 실제 높이는 보통 건물의 오층보다 훨씬 높 았다. 게다가 마땅히 생각나는 말이 없어 건물이라 칭했지만, 숙소는 그 자체가 커다란 나무였다. 전체적인 모습을 보기 위 해서는 멀리 떨어져야 할 만큼 엄청난 크기였다.

루크가 말한 오층이란 아마도 그 거대한 나무의 맨 위에 뚫려 있는 구멍을 뜻하는 듯했다. 각 층의 입구에 해당되는 다섯 개의 구멍이 각기 줄기와 가지 부분에 나 있었다.

나무라는 특성상 층들이 위아래로 나란히 붙어있지는 않았지만, 제각각 다른 높이를 보고 층으로 구분한 듯했다.

층마다 이어지는 통로는 나무와 밧줄을 이용해서 제법 튼튼하게 지어져 있었는데, 자연과 인공의 힘이 절묘하게 어우러진 모습이 기이하면서도 꽤 운치 있어 보였다.

'높은 곳을 좋아한다더니, 과연 묘인족답군.'

"꺄아아~ 루크!"

리안이 혼자 이해하며 고개를 끄덕일 때, 갑자기 머리 위에서 소프라노 톤의 비명소리가 들려왔다.

순간 루크의 얼굴이 눈에 띄게 굳었고, 리안은 고개를 젖히고 위를 쳐다봤다.

"……!"

제일 먼저 리안의 눈에 들어온 건 늘씬하게 뻗은 여인의 두 다리였다. 붉은색 옷자락을 바람에 펄럭이며 웬 여인이 하늘에서 떨어지고 있었다.

"루우우크으으!"

"으아아악!"

여인이 낙하한 지점은 리안의 바로 옆이었다. 정확히는 어느 틈엔가 사지를 뻗은 채 바닥에 드러누운 루크의 가슴 위였다.

"루크! 너무 보고 싶었어!"

여인, 아니 얼굴을 보니 여인이라기보다는 소녀에 가까웠다. 소녀가 두 다리로 루크의 몸을 조르듯 누른 채 녀석의 목을 덥석 끌어안았다.

"우웁!"

루크가 무어라 중얼거렸지만 소녀의 풍성한 머리칼에 가려져 잘 들리지 않았다. 소녀는 좋아 죽겠다는 듯 연방 루크의 몸에 자신의 얼굴을 비벼댔다.

"아아, 루크 냄새 너무 좋다!"

저래서 제대로 숨은 쉴 수 있을까?

소녀가 루크를 놔준 것은 리안이 진지하게 그런 걱정을 할 때쯤이었다.

뻘겋게 달아오른 얼굴로 루크가 일어서며 소리쳤다.

"하라! 내가 다시는 이런 식으로 인사하지 말랬지! 숨 막혀서 죽을 뻔했잖아!"

"아, 그랬었나? 미안해, 루크. 너무 반가워서 나도 모르게……."

소녀가 애교 섞인 음성으로 눈웃음까지 치며 사과했지만 이미 돌아버린 루크에게는 소용없었다.

"지난번에도 그렇게 말했고, 지지난번에도 그렇게 말했어. 내가 있을 땐 저 위에서 뛰어내리지 말라고 했지! 대체 하라 넌 몇 번을 말해야 알아듣겠니?"

"미안해, 루크. 다신 안 그럴게. 한 번만 용서해 주라. 응?"

"그 말은 지난번에도 들었거든!"

"아니야, 이번엔 정말이야. 진짜로 다시는 절대 안 그럴게. 약속해!"

소녀의 예전 모습이 어땠는지는 몰라도 리안이 보기에 그녀는 진심으로 반성하는 것 같았다.

하지만 쉽사리 용서가 안 되는 듯, 루크가 여전히 화난 목소리로 소녀에게 잔소리를 퍼부었다. 그러자 분주히 짐을 나르던 상단 식구들이 너도나도 한마디씩 하며 소녀의 편을 들어주었다.

"루크 이 녀석아, 하라가 잘못했다잖냐. 사내놈이 그렇게 꼬장꼬장하게 굴어서 어디다 써먹을래?"

"그래, 이놈아. 여자 친구가 좀 그럴 수도 있지, 뭘 그런 걸 갖고 화를 내? 대충하고 그냥 넘어가."

"형, 여자 친구는 누가 여자 친구예요! 하라랑 저, 아무 사이도 아니라고 제가 몇 번을 말해요!"

"넌 여자 친구도 아닌데 입도 맞추고 그러냐?"

"와, 저놈 그렇게 안 봤는데 되게 웃긴 놈이네. 남자가 고추를 달고 태어났으면 자기가 한 짓에 책임을 져야지, 너 그럼 못쓴다!"

"아, 형! 정말 아니라니까요!"

보아하니 한두 번 있었던 일이 아닌 듯했다. 바락바락 소리

치며 열을 내는 건 루크 혼자였고, 상단 사람들은 다들 놀리는
데 재미라도 들린 것처럼 킬킬거리며 지나갔다.

하라라는 묘인족 소녀는 그 모든 것이 자신과는 상관없다는
듯 루크 옆에서 해맑게 웃고 있었다. 오늘도 복장이 터지는 건
루크뿐이었다.

"이게 다 하라 너 때문이야. 네가 형들 앞에서 그때 뽀뽀하
는 바람에……."

"왜에? 난 루크가 좋아서 한 건데, 그러면 안 되는 거야?"

"당연히 안 되지! 그런 건 아무도 없을 때나 하는 거라고."

스스로가 말해놓고도 창피한지 루크가 슬쩍 시선을 피했다.
그것을 아는지 모르는지, 고개를 갸웃하던 하라가 결심한 듯
주먹을 꽉 쥐었다.

"인간들은 그래? 알았어, 앞으로는 아무도 없을 때 할게! 그
럼 됐지?"

"하아, 내가 널 데리고 무슨 말을 하겠니."

나오는 건 그저 한숨이었다.

"근데 이분은 누구야?"

하라의 물음에 그제야 루크는 퍼뜩 정신을 차렸다. 화가 난 나
머지 그만 까맣게 잊고 있었다. 그가 서둘러 리안을 소개했다.

"우리 상단의 새로운 회계사 분이야. 인사해, 하라. 리안 님
이셔."

"안녕하세요. 하라라고 합니다."

"리안입니다."

과격한 등장과는 달리 다소곳하게 인사하는 하라를 보며 리안은 레지나를 떠올렸다.

까무잡잡한 피부에 양 갈래로 묶은 노란색 머리가 밝은 그녀의 성격을 대변하는 듯했다. 구슬처럼 반짝이는 초록색 눈동자에는 리안을 향한 호기심이 잔뜩 어려 있었다.

리안을 들여다보던 그녀가 갑자기 루크의 귀에 대고 속삭였다. 물론 목소리가 워낙 컸기 때문에 충분히 리안에게도 들려왔다.

"루크, 이분도 너만큼이나 냄새가 좋다! 헤에에, 언니들이 좋아하겠어!"

"하라, 그런 말은 실례야! 면전에서 그러면 못써."

"욕하는 것도 아니고, 좋은 걸 좋다고 하는데 왜 안 돼?"

"너희들처럼 인간도 지켜야 할 예의라는 게 있다고 내가 전에 그랬잖아. 그런 것 중 하나야."

"아아, 그렇구나. 알았어. 앞으로는 이런 말도 아무도 없을 때 할게. 그럼 괜찮지?"

"그래, 제발 꼭 좀 그래라."

당부에 당부를 거듭하며 루크가 하라 대신 리안에게 사과했다.

"리안 님, 용서하세요. 얘가 아직 어려서 뭘 잘 몰라서 그래요. 기분 나쁘셨다면 제가 대신 사죄드리겠습니다."

"난 괜찮으니 신경 쓰지 마. 그보다 우리만 남은 것 같은데,

어서 올라가 봐야하지 않을까?"

"엑?"

뒤늦게 루크가 주변을 획획 돌아봤다. 언제 이렇게 시간이 지났는지 주위에 상단 사람들이 아무도 보이지 않았다.

"이런, 죄송합니다. 어서 이쪽으로 오세요."

루크가 황급히 리안을 숙소로 안내했다.

리안은 웃으며 녀석을 따라 계단이 시작되는 곳으로 걸어갔다. 나선형의 목조 계단이 거대한 나무 전체를 빙 둘러싼 형태였다.

올라가면서 보니 곳곳에 마치 끈처럼 생긴 얇고 긴 나무줄기 같은 것이 매달려 있었다. 그것으로 보건대 계단은 순전히 인간들을 위해서 만들어둔 듯했다.

하라라는 소녀가 위에서 뛰어내린 것도 그다지 특별할 게 아니라는 것을 깨닫는 순간이었다.

하라는 지상에서부터 루크의 옆에 콕 붙어서는 한시도 쉬지 않고 재잘거리고 있었다.

"루크, 배고프지? 내가 루크 먹이려고 어젯밤에 쿠삭 한 마리 잡아왔어!"

"쿠삭?"

"응, 토끼랑 좀 비슷하게 생긴 건데 훨씬 맛있다! 내 생각하면서 먹어야 돼. 알겠지?"

"훗, 그래. 고마워."

"고맙기는. 뭘 이런 걸 갖고. 어? 시토 언니다! 언니, 언니!"

수줍은 얼굴로 계단을 오르던 하라가 일층에서 누군가를 보고 손을 흔들며 외쳤다. 양손에 커다란 접시를 하나씩 든 여인이 긴 머리를 휘날리며 돌아서는 게 보였다.

하라를 발견한 순간 그녀의 표정이 무섭게 변했다.

"하라 너 어디 갔나 했더니 또 루크에게 갔구나! 손님들 오셔서 바빠 죽겠는데 너 자꾸 이럴래?"

"이제 막 가려고 했어. 루크도 배고프다고 했단 말이야."

"안녕하세요, 시토 누나."

"응, 루크. 왔니?"

하라에게는 엄하게 굴었지만 루크를 보며 인사하는 시토의 얼굴은 무척 반가운 기색이었다. 하라가 다시 혼이라도 날까 걱정이 되었는지 루크가 얼른 나서 리안을 소개했다.

"잘 지내셨어요? 여긴 리안 님이라고, 저희 상단의 신임 회계사세요."

"처음 뵙겠습니다. 리안이라고 합니다."

"반가워요. 시토라고 불러주세요."

"여기 숙소를 총괄하시는 분이세요. 하라의 언니이기도 하고요."

루크가 시토에 대해 리안에게 설명할 때, 하라가 쪼르르 달려가 시토에게 귓속말로 무어라 중얼거렸다.

무슨 말을 하는지는 잘 들리지 않았지만, 시토의 눈길이 리안에게 향하는 것으로 보아 리안과 관계된 이야기임을 알 수 있었다.

그녀가 눈에 띄게 코를 킁킁거린 것은 리안의 착각일까?

잠시 의미 모를 표정을 짓던 시토가 루크에게 턱짓했다.

"루크, 다른 분들은 이미 드시기 시작하셨어. 너도 어서 와서 먹어."

"네, 그럴게요. 리안 님도 드셔야죠?"

아침 식사만 간단히 하고 점심은 건너뛴 상태라 안 그래도 배가 고픈 참이었다. 두 자매의 안내에 따라 루크와 함께 리안은 식당으로 향했다.

구수한 냄새가 풍겨서 짐작은 했지만 식당은 바로 코앞이었다. 그들이 들어서자 상단 식구들이 어서 와서 먹으라며 여기저기서 손짓했다.

"오늘도 역시나 푸짐하네요."

루크의 말에 리안도 전적으로 동의했다. 넓은 식탁을 가득 채우고 있는 고기들의 향연(?)을 보며 리안은 한동안 아무런 말도 잇지 못했다.

"너무 놀라지 마세요. 아직 나오지 않은 고기들도 상당히 많으니까요."

"묘인족은 원래 이렇게 먹나?"

식탁 위에는 풀이라고는 한 포기도 보이지 않고 오로지 육류만이 즐비했다. 갖가지 고기들이 다양한 조리법과 양념에

버무려진 상태로 말이다.

양도 얼마나 푸짐한지, 과연 다 먹을 수나 있을지 걱정이 들 정도였다.

"이건 약과에요. 돌아가야 하는 날짜가 다가올수록 점점 심해지니 잘 지켜보세요."

"자, 루크. 이게 쿠삭이야. 얼른 먹어!"

리안과 루크가 자리를 잡자마자 하라가 엄청나게 큰 접시를 식탁에 내려놓았다.

탁자의 반 이상을 차지할 정도로 커다란 접시가 있다는 것도 놀랍지만, 그보다는 그 위에 놓인 음식이 문제였다.

"이, 이게 뭐야?"

"쿠삭이라고 말했잖아. 내가 좋아하는 거야."

"아까 토끼랑 비슷하다고 안 했어?"

"응, 그랬어. 왜?"

"야, 이렇게 큰 토끼가 세상에 어디 있냐? 귀가 좀 크다는 것만 빼면 하나도 안 닮았잖아! 그리고 제발 이 머리 좀 치워. 징그러워 죽겠다!"

그랬다. 토끼랑 비슷하게 생겼다는 쿠삭이란 짐승은 귀가 크다는 거, 그거 하나 밖에는 닮은 점이 없었다.

더욱이 하라가 내온 음식의 요리 방법은 모양을 전혀 흐트러리지 않고 익혀만 온, 거의 예술의 경지에 가까운 것이었다.

눈알까지 생생하게 박혀 있는 모습에 루크는 차마 바로 보지 못하고 얼굴을 돌렸다.

"루크, 나를 믿고 그냥 먹어봐. 쿠삭은 얼굴이 제일 맛있단 말이야!"

"하라, 제발 부탁이니까 당장 치워줘. 난 이런 거 징그러워서 못 먹는다고!"

"이게 뭐가 징그럽다고 그래? 맛있어 보이기만 하는데. 리안 님, 혹시 리안 님도 징그러우세요?"

화살이 리안에게로 쏘아졌다. 리안은 그나마 쿠삭의 뒤통수를 보고 있는 상태라 루크보다는 나았지만 식욕이 돌지 않는 건 마찬가지였다.

그가 조용히 고개를 주억이자, 하라가 실망이 역력한 얼굴로 잠시 머뭇거리더니 이내 접시를 들고 조용히 식당을 빠져나갔다.

"이거 정말 맛있는데……"

시무룩한 표정이 조금 안쓰럽긴 했지만, 커다란 접시를 가뿐히 드는 괴력 앞에서는 빛이 바랠 뿐이었다.

"하아, 쟤를 정말 어째야 하나."

하라의 뒷모습을 보며 루크가 긴 한숨을 토해냈다.

"도련님께서 특별히 부탁하셨는데 죄송합니다. 하라 때문에 자꾸 본의 아니게 리안 님께 폐를 끼치네요."

"좀 놀랍긴 하지만 난 오히려 귀엽고 보기 좋은데 뭘."

"그렇게 봐주셨다면 감사합니다. 하라가 말보다는 행동이

앞서서 그렇지 착한 아이에요."

"정말 그렇게 생각해?"

어느새 루크의 뒤에는 하라가 예의 그 초롱초롱한 눈망울을 빛내며 서 있었다. 그런 그녀의 손에는 제법 정상적인(?) 음식이 들려 있었다.

"하라 너, 또 이상한 음식 가지고 온 거 아니야?"

민망했는지 루크가 괜한 핀잔을 주며 하라에게서 접시를 받았다.

"치, 이건 시토 언니가 가져다주라고 한 거다 뭐."

"아, 그래? 직접 하신 건가?"

"루크를 위해서 내가 특별히 부탁했지!"

"에헤, 그럼 어디 먹어볼까?"

시토의 요리 솜씨라면 상단 식구 모두가 알아준다. 루크가 접시 하나를 리안의 앞으로 내밀었다.

"어서 드세요. 이건 드실 만 할 겁니다."

"드실 만한 정도가 아니지. 가만, 뭐더라. 너희 인간들 말로 둘이 먹다가 하나가 죽어도 모를 맛이라고 하던가?"

"너 그걸 아직도 기억하고 있었어?"

"당연하지. 루크가 나한테 처음으로 가르쳐준 말이잖아. 난 루크가 한 말이라면 뭐든 안 까먹고 다 기억해. 몰랐어?"

"그건 아닌 것 같은데……."

중얼거리는 루크의 음성이 하라의 행동에 묻혔다. 그녀가 녀석의 옆에 바짝 붙어 앉더니 팔짱까지 끼고 조잘조잘 떠들기 시작했다.

듣자하니 그간 떨어져 지내는 동안 있었던 얘기를 하나도 빼놓지 않고 다 털어놓을 기세였다.

재밌는 건 계속 투덜거리면서도 루크가 곧잘 그녀의 말을 받아준다는 것이었다. 적절하게 질문도 해가며 이야기를 나누는 모습이 하라 혼자만 녀석과의 만남을 기다리고 있었던 것은 아닌 듯했다.

리안은 흐뭇한 눈길로 그런 둘을 바라보며 천천히 허기진 배를 달랬다.

야킨은 잘 하고 있을까?

배고픔이 어느 정도 가시자 생각은 자연스레 궁으로 간 야킨에게로 이어졌다.

지금쯤 그는 아사에 대해 어느 정도나 알아냈을까.

이제 막 묘인국에 도착했을 뿐인데, 갑자기 조급증이 리안의 마음을 덮쳤다.

*     *     *

야킨이 숙소로 돌아온 것은 리안이 식사를 끝내고 묘인족에게 둘러싸여 원하지도 않는 술자리에 쩔쩔매고 있을 때였다.

시토가 권하는 술을 리안이 계속 거절하는 바람에 분위기가 험악해지려는 찰나, 타이밍 좋게 야킨이 식당으로 들어섰다.

반가운 그의 등장에 리안의 얼굴이 화색으로 물들었다.

"이제 오십니까?"

"네, 긴히 드릴 말씀이 있습니다."

함께 마시자는 상단 사람들의 청을 거절하고, 야킨은 곧장 리안에게 다가왔다. 심각한 그의 어조에 리안은 낯빛을 가라앉히며 서둘러 자리에서 일어났다.

"제 방으로 가시지요."

식당이 위치한 곳은 건물의 맨 아래층이었다. 야킨의 숙소는 리안과 같은 오층(리안은 아직 자신의 숙소도 못 가본 상태였다), 나선형 계단을 지나 세 사람이 오층으로 올랐다.

"이쪽에 앉으십시오. 아이만."

야킨은 방에 들어가자마자 리안에게 자리를 내주고 아이만에게 눈짓했다. 그러자 아이만이 살짝 고개를 숙이며 창가로 가 밖을 살폈다.

"어때?"

"일단은 조용합니다."

"확실해?"

"올라올 때 보니 대부분이 식당에 모여 있었습니다. 안심하셔도 될 듯합니다."

상단이 도착하는 첫날에는 으레 식당에서 다 함께 술파티를 벌이는 것이 마치 전통처럼 굳어졌다. 웃고 떠드느라 바쁠 테니 당분간 이곳에 신경을 쓸 묘인족은 없다고 봐도 무방했다.

"혹시 그들이 대화를 엿들을까봐 걱정하시는 겁니까?"

"아무래도 귀가 밝은 종족이니까요."

"그렇군요. 그럼 제가 해결하겠습니다. 아이설레이션!"

리안이 명령하자 공기 중의 마나가 그 즉시 세 사람을 에워 쌌다. 순식간에 공기의 흐름이 완벽히 바깥과 차단되었다.

"리, 리안 님?"

"음파 차단 마법을 시전했습니다. 그러니 이제부터는 편하 게 말씀하십시오."

"그게…… 정말입니까?"

시각상으로 전혀 변한 것이 없어선지 야킨과 아이만이 얼떨 떨한 표정으로 말하기를 주저했다.

이런 것이 마법이란 말인가?

리안이 마법사라는 건 진즉 알고 있는 둘이지만, 경험이 전 무하다 보니 적응이 쉽지 않았다.

"보이지는 않지만 지금부터 우리가 하는 대화는 밖으로 새 어나가지 않을 겁니다. 중요한 내용 같았는데, 무슨 일입니 까?"

"……그럼 리안 님을 믿고 말씀드리겠습니다. 지금 묘인국 내에 이상한 소문이 하나 돌고 있습니다."

"혹시 아사와 관계된 겁니까?"

"확실치는 않지만 아마도 그런 것 같습니다. 우연이라고 하기에는 시기가 너무 애매합니다."

"시기라니요?"

"현재 아사 님께서 행방불명이 되신 상태입니다. 궁에 가보니 별로 비밀도 아니더군요. 아시란 님의 사혼기가 끝나자마자 아사 님께서 사라졌다고 다들 수군수군 합니다."

리안은 안도감에 가슴을 쓸어내렸다. 녀석이 행방불명이라는 건 아직 아신에게 발견되지 않았다는 뜻이지 않은가.

그렇다는 것은 어딘가에서 자신을 기다리고 있을 확률 또한 높다는 것이었다. 상태가 더 나빠지기 전에 하루라도 빨리 찾는 것이 급선무였다.

"그런데 이상한 건 류지 님입니다. 사실인지 아닌지는 확실히 알 수 없지만, 현재 류지 님께서 갇혀 계시답니다."

"류지가 갇혔다고요?"

"네, 그것도 집에 갇히셨답니다."

리안의 눈이 크게 벌어졌다.

류지는 분명 아사와 함께 묘인국으로 돌아왔다. 한데 아사는 부상을 당한 채 자취를 감췄고, 류지는 집에 감금을 당했다.

묘인족 최강의 전사라 불리는 류지.

이것이 과연 우연일까?

그러고 보니 예전에 류지가 그랬었다. 하필이면 자신이 없을 때에 아사에게 그런 일이 터졌다고.

아무리 자리를 비웠을 때라지만, 아사를 지켜주지 못했다며 그는 엄청난 죄책감에 시달렸었다.

그런데 이번에도 비슷한 일이 벌어졌다.

야킨의 말처럼 우연이라고 하기엔 시기나 상황이 너무 딱 들어맞는다.

'절대 우연일 리가 없어.'

생각할 수 있는 건 하나였다. 아사를 제거하는 데에 가장 큰 걸림돌이 될 그를 이번에도 누군가 미리 차단을 시켰다.

그게 누굴까? 답은 뻔하다.

'아신……'

원로원 장로의 아들인 류지를 죽였다가는 자신에게도 타격이 있을 테니 미리부터 손을 쓴 것이다.

게다가 방금 야킨은 류지가 자신의 집에 갇혔다고 말했다. 그것은 곧 류지의 아버지인 류하도 어쩌면 아신과 한패라는 소리일지 모른다. 그게 아니더라도 어떤 식으로든 그도 연관이 되어있을 게 틀림없다.

"지금 당장 류지에게 가야겠습니다!"

"네에?"

"류지는 아사를 최측근에서 보좌하던 인물입니다. 그부터 구해야 합니다."

"하지만 무슨 수로……"

그들은 이제 막 도착했고, 여기는 다른 곳도 아닌 묘인국이었다. 더욱이 류지가 갇힌 곳은 그의 집, 다시 말해 원로원의 장로인 그의 아버지가 사는 곳이다.

갇혀 있다는 류지를 꺼내는 건 둘째 치고, 그 집에 들어가는 것부터가 거의 불가능하다고 봐야했다.

"일단 제게 위치를 알려주십시오. 길 잃은 척을 하든 뭐를 하든 방도를 구해 류지부터 만나야겠습니다."

리안은 간곡한 눈빛으로 야킨을 바라봤다. 그에게 폐를 끼치고 싶지는 않았지만, 류지가 갇혀 있다는 것을 안 이상 가만히 있을 수는 없었다. 그것이 아사를 찾을 수 있는 가장 빠른 지름길이었다.

잠시 고민하던 야킨이 하는 수 없다는 듯 한숨을 쉬며 몸을 일으켰다.

"후우, 알겠습니다. 하지만 리안 님 혼자서는 안 됩니다."

"……?"

"일전에 제가 도와주실 분이 계시다고 말씀드린 걸 기억하실 겁니다. 그분에게 도움을 요청해야겠습니다."

\*        \*        \*

야킨이 리안을 데려간 곳은 대문이 엄청나게 큰 집이었다. 어두운 밤이라서 저택의 규모를 제대로 볼 순 없었지만, 끝도 없이 이어진 높은 담장과 삼엄한 경비가 저택 주인의 신분이 보통이 아님을 짐작케 했다.

"라문 님을 뵈러 왔습니다."

야킨은 최대한 정중하게 문 앞에서 고했다. 경비를 서던 묘인족이 날카로운 눈초리로 야킨과 리안의 몸을 훑었다.

"지금 이 시간에 말입니까?"

"오늘 도착해서 막 보고를 하고 돌아온 참입니다. 라문 님께서 제가 온 것을 알면 무척 기뻐하실 겁니다."

야밤의 방문이 맘에 들지 않는 눈치였지만 묘인족 사내는 야킨을 무시하지 못했다. 평소 자신의 주인이 인간의 물건에 지나치리만치 관심이 많다는 것을 잘 아는 탓이다.

"……잠시 기다리십시오."

그가 떨떠름한 음성으로 그들을 문 앞에 세워두고 어딘가를 향해 뛰어갔다.

그리고 얼마 후, 돌아온 사내의 안내에 따라 둘은 저택 안으로 들어갔다.

"굉장히 깜깜하군요."

넓은 정원을 지나는 동안 리안은 불씨 하나 발견하지 못했다. 느껴지는 기척으로 보아 곳곳에서 분명 경비를 서고 있는데도 주변이 이상할 정도로 어두웠다.

그에 야킨이 리안 쪽으로 살짝 고개를 숙이며 설명했다.

"필요하지 않기 때문입니다."

"……?"

"우리 인간이야 깜깜하면 보이지가 않으니 불을 피우지만,

이들에겐 어둠이 그리 큰 장애가 되지 못합니다. 고양이를 한 번 생각해 보섭시오."

'아하.'

고양이를 떠올리니 곧바로 이해가 갔다.

야행성이 강한 고양이, 그들의 피를 이어받은 묘인족. 리안은 지금 당연한 것을 물은 셈이었다.

"그래서 밤은 묘인족의 편이라는 말이 있지요. 다 온 것 같습니다."

다행히 정원과 달리 저택 안에서는 불빛이 새어나오고 있었다. 묘인족 사내가 둘을 데려간 곳은 지나온 정원만큼이나 넓은 어느 방이었다.

아니, 방이라기보다는 홀에 가까웠다. 그곳 중앙에는 지금껏 본 적 없는 기다란 탁자가 놓여 있었는데, 그 끝에 라문이란 자가 앉아 있었다.

상대는 생각했던 것과 달리 꽤 어린 소년의 모습을 하고 있었다. 상아색 피부에 짧고 강렬한 느낌의 붉은 머리칼이 이제 막 자다 깬 사람처럼 아무렇게나 흩어져 있었다.

"라문 님을 뵙습니다."

야킨이 라문에게 다가가 고개를 숙이며 인사했다. 이름이 '라'로 시작했으니 상대는 대귀족인 '토우'. 리안도 서둘러 그를 따라 머리를 숙였다.

"오래만이야, 야킨."

"늦은 시각에 찾아뵌 것을 용서하십시오."

"괜찮아. 그렇게 서 있지 말고 거기 좀 앉아."

"감사합니다."

허락이 떨어졌다. 리안은 그제야 몸을 펴고 야킨의 옆에 나란히 착석했다.

"근데 누구지? 난 처음 보는데?"

처음부터 라문의 시선은 줄곧 리안에게 향해 있었다. 그가 재미있는 장난감이라도 발견한 어린아이처럼 두 눈을 반짝이며 리안을 주시했다.

야킨이 리안을 대신해서 답했다.

"리안 님이십니다. 대외적으로는 저희 상단의 신임 회계사라고 소개하였지만, 실은 아사 님의 친구 분이십니다."

"아사 녀석의 친구…… 라고?"

라문의 표정이 대번에 확 바뀌었다.

리안은 다짜고짜 자신의 정체를 밝힌 야킨을 놀란 얼굴로 쳐다봤다.

"네, 라문 님도 아실 겁니다. 부상을 입고 죽어가던 아사 님께서 인간의 손에 의해 살아나신 걸."

"당연히 알고 있어. 그럼 이자가 아사를 살려준 그 인간이란 말이야?"

"그렇습니다. 아사 님이 다시 위험해 처했다는 것을 아시고 제게 안내를 부탁하셨습니다."

"호오, 아사를 구해준 게 당신이란 말이지?"

라문의 진한 파란색 눈동자에 흥미로워하는 기색이 돋았다. 리안을 이리저리 살피며 히죽거리는 모습이 인간으로 치면 장난꾸러기 악동을 보는 듯했다.

"그렇게 놀랄 것 없어. 당신이 아사를 찾아왔다고 어디 가서 말하고 다니진 않을 테니까."

"……."

놀란 리안이 말이 없자 라문이 어깨를 으쓱였다.

"내가 야킨에게 신세를 진 게 좀 있거든. 야킨, 그거 믿고 나 찾아온 거지?"

"역시 라문 님은 눈치가 빠르십니다."

"누가 상인 아니랄까봐 계산 하나는 정확하다니까."

"칭찬으로 듣겠습니다."

조금도 지지 않는 야킨의 대답에 라문이 입가를 실룩이며 턱을 젖혔다.

"그래서 용건이 뭐야?"

"오늘 베스티유에 갔다가 류지 님이 갇혀 있다는 소식을 들었습니다. 그게 사실입니까?"

"어, 사실이야. 류하 장로가 약까지 먹여가며 그랬다더군."

"류지는 무사한 겁니까?"

리안이 처음으로 입을 열었다. 걱정이 담긴 그 음색에 라문이 다시금 눈동자를 빛내며 리안을 훑었다.

"류하 장로가 무뚝뚝하긴 해도 자식 사랑은 유난하지."

답은 그것으로 족했다. 갇혀 있는 상태이긴 하나 류지의 안전은 이것으로 확보했다.

리안과 잠시 눈빛을 교환한 후 야킨이 라문에게 조심스럽게 청했다.

"오늘밤 저희를 류지 님께 데려가주실 수 있겠습니까?"

"거길 가겠다고?"

"네, 류지 님을 꼭 만나 봬야 합니다."

"아사 때문이라면 포기해. 아신 형이 눈에 불을 켜고 찾고 있는데도 안 나타는 걸 보면 틀렸어. 죽은 거야."

"제 눈으로 직접 보기 전까지는 아닙니다."

불쑥 끼어드는 음성에 라문이 리안을 향해 고개를 돌렸다. 리안은 그 시선을 피하지 않고 똑바로 마주봤다.

그 순간 묘인족의 눈을 정면으로 바라보지 말라던 야킨의 충고 따위는 사라진지 오래였다.

아사가 죽었다고 단정하는 라문의 말에, 리안은 상대는 물론 장소마저 잊은 채 분노했다. 당황한 야킨이 말리려고 했으나 그런 그를 라문이 제지했다.

"인간 주제에 내 사촌에 대한 애정이 아주 대단하군. 녀석의 시체라도 확인해야 죽음을 인정할 텐가?"

"사촌……?"

"이런, 아사 녀석과 내가 사촌지간인 걸 몰랐던 모양이지?

뭐, 엄밀히 말하자면 남남이긴 해. 녀석은 아라다 고모가 낳은 자식이 아니니까."

아라다라면 아신의 엄마이고, 그런 그녀를 고모라 칭한다면 라문은 아신과 사촌이 된다. 아신은 아사의 형이기도 하니 그의 말처럼 아사와도 사촌 지간이 되지만, 피는 전혀 섞이지 않은 꼴이다.

"그렇다고 내가 아신 형의 편을 드는 건 아니니 그런 얼굴 할 것 없어. 난 둘에게는 공평한 사촌이거든."

"……."

"좋아, 어디까지 말했더라? 아, 류지에게 데려다 달라고 했지. 그런데 말이야. 거길 간다고 해서 당신이 류지를 만날 수 있을까? 류하 장로 집은 거의 미로에 가까워서 아마 찾기 꽤 힘들걸?"

이죽대는 모양새가 마음에 들지 않았지만 아쉬운 건 리안이었다. 리안은 화를 삭이려고 애쓰며 라문에게 부탁했다.

"안으로 들여보내만 주십시오. 찾는 건 제가 알아서 하겠습니다."

"오, 무슨 방법이라도 있나 보지?"

라문의 발언은 꽤 의미심장했다. 리안은 그가 자신을 처음 보았을 때부터 뭔가를 느꼈음을 알고 있었다.

마법사인 리안은 보통 사람과는 다르다. 더욱이 리안은 몸속에 마나하트를 품고 있다. 아사도 리안을 처음 만났을 때 뭔가 다르다고 하지 않았던가.

리안은 말없이 라문의 얼굴을 직시했다.

"대답하기 싫은가 보네. 어쨌든 알겠어. 아사를 생각하는 갸륵한 마음을 봐서라도 내가 도와주지. 단, 조건이 있어."

"말씀하십시오."

"나도 데려가."

"어딜…… 말입니까?"

둘의 대화에 야킨이 끼어들며 물었다.

"야킨, 바보야? 어디긴 어디야, 너희가 사는 인간 세상이지. 안 그래도 이번에 아사 녀석이 돌아오면 따라가 볼까 생각하던 참이었는데 잘 됐어."

"……진심이십니까?"

"어, 왜? 이상해?"

"아니요, 이상할 것까지는 없습니다. 다만 저야 상관없지만, 정말 괜찮으시겠습니까?"

신분이 신분인 만큼 신경 써서 모셔야 한다는 것만 빼면 야킨으로서는 그리 어려울 건 없었다. 하지만 야킨이 알기로 라문은 그리 한가한 묘인족이 아니었다.

"설마 다 팽개치고 도망을 치시려는 건 아니겠지요?"

"어라? 어떻게 알았어?"

야킨은 물론이고 리안도 기가 막혀 입을 쩍 벌렸다. 라문의 성격을 잘 아는 야킨은 벌써부터 이마에 근심이 드리웠다. 라문이라면 반드시 그러고도 남았기 때문이다.

"어때? 그럼 거래가 성립된 건가?"

"하지만……."

"신중하게 결정해. 내 쪽에서는 아쉬울 거 없으니까."

야킨이 걱정 담긴 눈으로 리안을 돌아봤다. 어떻게 할 거냐는 의중을 묻는 것이었다. 그리고 그건 애초에 필요가 없는 질문이었다.

"그렇게 하겠습니다. 대신 저 때문에 벌어지는 일이니 라문 님은 제가 모시도록 하지요."

"당신이?"

"네, 아사를 무사히 구출한 뒤에 예정대로 함께 떠나시면 되겠습니다."

"하하, 그래. 아사가 살아있다면 말이지."

아사가 무사할 거라고 다시 한 번 확언하는 리안의 말에 라문은 크게 웃음을 터뜨렸다. 그 웃음이 마치 조롱하는 것 같아 리안은 기분이 별로였다.

그때 갑자기 라문이 정색하며 무서운 눈으로 리안을 바라봤다.

"누구보다도 아사가 살아있기를 바라는 게 바로 나야. 하루에도 몇 번씩 녀석이 샤하의 아들이 아니었으면 좋았을걸, 하고 바란다고."

"……!"

"인간 따위가 어찌 알겠어. 샤하의 아들로 태어난 숙명이 어떤 건지. 마호!"

라문이 리안에게 시선을 고정한 채 누군가를 불렀다. 그 부름에 입구에서 마주쳤던 묘인족 사내가 쏜살같이 안으로 달려들어왔다.

지금까지와는 전혀 다른 엄중한 목소리로 라문이 말했다.

"류하 장로에게 갈 거야."

"지금 말입니까?"

"응, 가서 터번이랑 향낭 좀 가져와."

"향낭이라면 어떤 종류로……."

"가장 독한 걸로 아무거나. 가령 인간의 냄새 같은 게 가려진다거나 하는 뭐 그런."

"알겠습니다."

묘인족 사내는 왔던 것보다 더 빠르게 밖으로 뛰어나갔다. 그리고 얼마 지나지 않아 지시했던 것을 들고 다시 나타났다. 그가 붉은색 터번과 주먹만 한 크기의 작은 향낭을 탁자 위에 올려놓았다.

"리안이라고 했지? 묘인족 행세를 하려면 그게 필요할 거야. 주머니는 품에 넣고 터번은 나처럼 머리에 써."

"라문 님, 묘인족 행세라니요?"

야킨이 묻자 라문이 한심하다는 듯 얼굴 가득 인상을 찌푸렸다.

"그럼 인간인 채로 류하 장로 집에 가려고 했어? 뒷일을 어떻게 수습하려고?"

"그거야……."

"인간을 집에 들였는데 아들이 사라졌어. 류하 장로가 과연
가만히 있을까?"

"하지만 그건 라문 님도 마찬가지 아닙니까? 라문 님이 늦
은 밤에 방문하시고 류지 님이 사라지시면 류하 님께서 대번
에 알아차리실 텐데요."

야킨은 라문을 생각해서 한 말이지만 정작 라문은 태평한
표정이었다.

"바보가 아닌 이상 알겠지. 하지만 어쩌겠어. 난 토우고 자
기는 틴인데."

"네에?"

"류하 장로가 아무리 요즘 잘나간다 한들 감히 날 어쩌진
못하지. 그러니 야킨은 숙소로 돌아가서 얌전히 이자가 돌아
오길 기다리기나 하라고."

걱정 말라는 듯 라문이 야킨을 보며 한쪽 눈을 찡긋했다.

야킨은 강하게 고개를 저었다.

"리안 님을 혼자 보낼 수는 없습니다. 저도 데려가십시오."

"인간을 둘씩이나 데려가는 건 위험해."

"그건 제 생각도 같습니다. 혼자서 조용히 움직이는 것이
들킬 염려는 더 없을 겁니다."

"그러다 큰일이라도 나시면 어쩌시려고요."

"이 향낭이 있으니깐 얼마 동안은 괜찮을 겁니다. 이거, 인간인 저의 체향을 감추어주는 거 맞지요?"

리안이 향낭을 손에 든 채 라문에게 물었다. 향낭의 입구가 꽉 닫힌 상태였지만, 인간인 리안의 후각으로도 맡을 수 있을 만큼 강한 향이 풍겨왔다.

"맞아. 근데 그거 임시방편이니깐 시간을 오래 끌면 안 돼. 마비된 코가 돌아오거든."

요컨대 강한 향으로 일시적으로 후각을 마비시켜 인간의 냄새를 맡지 못하게 하는 것이 향낭의 효능이자 구실이었다.

하지만 거기에는 시간의 제약이 따르기 때문에 되도록이면 빠른 시간 내에 류지가 갇힌 곳을 찾아 그를 구출해야 했다.

"당신은 특히나 체향이 독특하기 때문에 쉽게 눈에 띌 수 있으니까 조심하라고."

"그건 무슨 뜻이죠?"

"인간마다 각자 갖고 있는 냄새가 다 다르거든. 당신은 우리 묘인족이 좋아하는 향이 나. 그러니 발각될 위험이 더 클 수밖에."

낮에 만났던 하라도 리안에게 좋은 냄새가 난다고 했었다. 그리고 그건 아사에게도 늘 듣던 말이었다.

그게 그냥 하는 말인 줄로만 알았던 리안은 낭패감에 살짝 인상을 구겼다.

"미리부터 그렇게 걱정할 필요는 없어. 당신이 류지만 금방 찾아내서 나오면 끝나는 얘기니까."

말은 참 쉽다.

"자, 그럼 이제 가볼까?"

라문이 어느 때보다 환하게 웃으며 가볍게 자리에서 일어났다.

"정말 괜찮으시겠습니까?"

"잘될 겁니다."

리안도 불안하기는 마찬가지였다. 하지만 티를 내서 야킨을 걱정시킬 순 없었다. 리안은 의연하게 고개를 끄덕이며 그의 어깨를 두드렸다.

"이따가 숙소에서 뵙지요."

염려 섞인 야킨을 뒤로하고 리안이 라문을 따라 나섰다.

제10화

발각

"잠깐!"

정원을 지나 막 대문을 나설 즈음, 갑자기 라문이 리안을 향해 돌아섰다. 그런 그의 눈이 마치 품평이라도 하듯 리안의 몸을 쭉 훑어 내렸다.

그 기분 나쁜 시선에 리안이 주춤 뒤로 물러나며 낯을 찌푸렸다.

"……왜 그러십니까?"

"당신이 입고 있는 그 옷 말이야. 아무래도 안 되겠어. 냄새가 너무 심해."

지독한 냄새라도 맡은 것처럼 라문이 코를 찡그리며 손을 휘휘 저었다.

"아깐 야킨도 있고 해서 그런가 보다 했는데, 옷 자체에 인간 냄새가 많이 배었어. 그대로 갔다가는 향낭이 제대로 효력도 발하기 전에 들킬 것 같아."

"그럼 어떡합니까?"

"어떡하긴 뭘 어떡해? 갈아입어야지. 따라와."

그것도 질문이라고 하냐는 듯 라문이 쏘아보며 방향을 틀어 다시 저택으로 돌아갔다.

"흐음, 뭐가 좋을까."

리안이 라문과 함께 도착한 곳은 옷들이 아무렇게나 쌓여있는 어느 방이었다.

한쪽 구석에서 몸을 뉘고 자고 있던 묘인족 여인 둘이 라문의 방문에 깜짝 놀라 후다닥 일어서는 게 보였다.

두 여인의 목에 방울 달린 목걸이가 걸려 있는 것으로 보아 노예 계급인 판임을 알 수 있었다.

"가장 오래된 빨랫감이 어디지?"

자신의 존재를 여인들이 무서워 한다는 걸 아는지 모르는지 라문이 사방을 돌아보며 퉁명스럽게 물었다. 그러자 한 여인이 재빨리 바구니 하나를 라문에게로 가져왔다.

"다 꺼내."

영문을 알 수 없는 얼굴들이었지만, 라문의 명에 두 여인이 즉시 옷을 바닥으로 꺼내놓았다.

"됐어, 그만."

바구니에는 아직 몇 벌의 옷이 더 담겨 있었다. 하지만 마음에 드는 옷을 찾은 듯 라문이 옷 한 벌을 주워들었다.

"이게 좋겠어. 자, 입어봐."

그가 주워든 옷을 리안에게 내밀었다. 많이 낡긴 했지만 색과 디자인이 그리 나쁘지 않았다. 빨랫감이라는 것만 빼면 말이다.

퀴퀴한 냄새가 손에 들기 전부터 풍겨왔다.

"여긴 빨랫감을 모아놓는 곳이야. 일꾼들이 워낙 많다 보니 항상 이렇게 빨래들이 왕창 쌓여있지. 찝찝해도 그냥 입어. 정체가 발각되는 시간을 조금이라도 늦추려면."

리안이 대가를 지불하는 공정한(?) 거래이긴 했지만, 지금처럼 세심한 부분까지 신경을 써주는 라문의 처사는 다소 의외였다.

행동이나 말하는 걸로 봐서는 제멋대로만 사는 성격인 줄 알았는데, 어쩌면 다정한 구석이 약간은 있을지도 모르겠다는 생각이 문득 들었다.

무엇보다 아사를 생각하는 그의 마음만큼은 진심인 것 같았다.

샤하의 아들로 태어난 숙명.

그 말을 듣고 나니 아사가 위험하다는 걸 알면서도 방관할 수밖에 없는 그의 처지가 어느 정도는 이해가 갔다.

'이곳은 약육강식의 세계니까.'

리안은 쓰게 웃으며 옆방으로 가 옷을 갈아입었다.

"똑바로 서봐."

리안이 옷을 다 갈아입고 나오자 기다렸다는 듯 라문이 다가왔다. 그런 그의 손에는 리안이 잠시 놓아뒀던 붉은색 천, 터번이 들려 있었다.

"위장을 하려면 완벽하게 해야지. 가만히 있어."

어색해 하는 리안의 어깨를 툭 치고는 라문이 두 손을 이용해서 리안의 머리에 터번을 두르기 시작했다. 리안이 작은 키가 아님에도 라문은 아주 능숙하게 팔을 움직였다.

그러고 보니 얼굴만 앳되지 라문의 체격은 상당히 좋은 편이었다. 어깨도 딱 벌어졌고, 양 팔뚝에는 잔 근육들이 보기 좋게 붙어 있었다.

어디 그뿐인가. 드러난 배에도 눈을 휘둥그레지게 할 만큼 탄탄한 복근이 자리를 잡고 있었다(라문은 조끼 형식의 짧은 상의만을 걸친 상태다).

다른 묘인족들이 요란하게 치장하고 있는 것과는 달리, 장신구도 작은 금색 귀걸이가 한 쌍과 오른쪽 팔뚝 위에 차고 있는 팔찌 하나가 전부였다.

"이제 좀 낫네."

리안이 라문을 훔쳐보는 사이 터번이 완성되었다. 익숙하지 않은 걸 머리에 두른 탓일까. 묵직한 무게도 무게지만, 고개를 돌리는 것조차 어색하고 꽤 불편했다.

"훌륭해!"

하지만 당사자인 리안의 사정은 안중에도 없다는 듯 라문이 매우 흡족해하며 곧장 문으로 향했다.

황당하긴 했으나 늦은 시각에 남의 집을 방문하는 것이니 시간을 지체해봤자 좋을 건 없었다. 가면서 익숙해지길 바라며 리안도 서둘러 라문의 뒤를 쫓았다.

*　　　*　　　*

"당분간은 아무도 인간이라는 걸 의심하지 않을 거야. 옆에서 내가 신분 보장까지 해주니 다들 감쪽같이 속겠지. 크크, 이거 꽤 재밌는데?"

"그래봤자 향낭이 제 구실을 할 때까지 입니다. 그리고 잊고 계신 모양인데, 우리는 지금 장난을 치러 가는 게 아닙니다."

류지의 집이 멀지 않다는 말에 리안은 라문과 함께 밤거리를 걷던 중이었다. 말하다 말고 혼자 킥킥거리며 웃는 라문에게 리안은 작금의 상황을 상기시켰다.

"내가 언제 장난이래? 난 그냥 현재 상황을 즐길 뿐이야."

"상황도 상황 나름입니다. 아사가 어디에 있는지도 모르는 지금, 제겐 류지가 마지막 희망입니다. 진지하게 임해주십시오."

"이봐, 인간. 우리 아사를 끔찍이 여기는 당신 마음은 내가 잘 알겠는데, 괜한 것까지 신경 쓰지 마. 진지? 내가 그랬다가는 오히려 의심 받는다고."

"그건 또 무슨 소립니까?"

"무슨 소리긴 무슨 소리야. 나란 존재가 평소 진지함과는 거리가 먼 사이라는 얘기지. 나는 내가 알아서 할 테니까 당신은 당신이나 챙겨."

"용건은 정해놓으셨습니까?"

이 밤에 약속도 없이 불쑥 찾아간다면 누구라도 이상하게 생각할 것이다. 리안은 그가 어떤 핑계를 댈지 궁금했다.

"글쎄. 술이나 한잔 하자고 할까나?"

"이전에도 그런 적이 있었습니까?"

"아니, 처음이야. 날 별로 안 좋아하거든."

표정을 보니 딱히 그쪽에서만 싫어하는 건 아닌 듯했다.

오늘 과연 일이 무사히 풀릴 수 있을까?

"그래도 뭐 걱정하지 마. 쫓아내진 않을 테니까."

"자신만만하시군요."

"원로원의 장로가 설마 원로를 문전 박대하겠어? 류하 장로 성격상 싫은 티는 팍팍 내겠지만 어쩔 수 없을 거야. 그러니 염려 말라고."

라문이 자신만 믿으라는 듯 가슴을 내밀며 호언장담했다. 리안의 발걸음이 자연스레 멈춰졌다.

"지금 원로라고 하셨습니까?"

"응, 왜? 무슨 문제 있어?"

"아니요. 그런 건 아닙니다만……."

"아항, 이제 보니 야킨이 말을 안 했구나. 나 원로 맞아. 최연소 원로. 류하 장로가 날 싫어하는 이유는 내가 회의에 만날 빠져서야. 완전 고지식한 성격이거든."

그건 고지식한 게 아니라 장로로서 당연한 거 아닙니까?

류하라는 자의 편을 들고 싶지는 않았지만, 라문의 뻔뻔한 말에 리안은 자기도 모르게 그렇게 대꾸할 뻔했다.

그걸 알 리 없는 라문은 계속 불평을 늘어놓았다.

"까칠하기는 또 얼마나 까칠한지, 순수하게 남을 칭찬하는 모습을 본 적이 없어. 아사만 아니었다면 절대로 만나고 싶지 않은 부류야."

정말로 싫다는 양 라문이 부르르 몸까지 떨었다.

리안은 그를 위해 손수 화제를 바꿨다.

"아사 얘기가 나와서 말인데요. 듣기로 형과 아사의 사이가 무척 좋았다고 하던데, 갑자기 돌변한 이유가 무엇입니까? 서자인 아사에게는 계승권이 없으니 후계자 싸움은 애초부터 불필요한 일이 아닌가요?"

"맞아, 적자는 아신 형뿐이니까. 나도 그 이유를 모르겠어. 대체 그 둘 사이가 왜 그렇게 된 건지."

"묘인국으로 오는 내내 계속 그에 대해 생각해 보았습니다. 그토록 사이좋던 형제애가 갈라진 이유가 무엇일까."

"그래서 답이 좀 나왔어?"

"답이라고까지 할 건 없지만 동기가 될 만한 건 하나 찾았습니다."

"찾아? 그게 뭔데?"

리안은 잠시 망설이다가 대답했다.

"아신에게 생긴 겁니다. 아사를 제거해야 할 어떤 이유가."

"나 참, 누가 그걸 몰라? 그러니까 그 이유가 뭐냐고 묻는 거잖아."

"정확한 이유야 저도 잘 모릅니다. 다만 계승권과 관계된 문제가 아닐까요?"

"계승권?"

"네, 아사에게 계승권이 없긴 해도 아신이 없다면 다음 대 샤하는 아사에게로 돌아갑니다. 사하의 핏줄은 그 둘뿐이니까요."

"그게 뭐 어떻다는 건데?"

"반대로 한번 생각해 보십시오. 아사가 사라지면 계승권이 누구에게만 남겠습니까?"

"그거야 당연히 아신 형이지. 그리고 계승권은 현재도 엄연히 아신 형에게만 있다고."

"그가 샤하가 될 자격이 있다면 말이죠."

"······!"

리안의 의미심장한 말에 라문이 놀란 토끼눈을 하며 숨을 멈췄다.

거기까지는 그도 미처 생각하지 못했다. 일견 말도 안 되는 소리인 것 같지만, 리안의 얘기는 맞는 말이기도 했다.

아신에게 샤하가 될 자격이 없다. 그렇게 되면 당연히 다음 대 샤하는 아사가 될 것이다. 어쨌든 아사도 샤하의 아들이니까.

그런데 만약 아사가 실존하지 않는 상태라면?

당연히 자격이 조금 모자라도 샤하의 유일한 핏줄인 아신이 왕위를 물려받을 것이다. 그 어떤 상황에서라도 샤하의 피가 섞이지 않은 자는 왕이 될 수 없기 때문이다.

설마 정말 그런 이유로 이런 일이 벌어졌단 말인가.

라문의 파란색 눈동자가 처음으로 혼란스럽게 흔들렸다.

"제가 추리할 수 있는 건 지금으로서는 이것뿐입니다. 혹시 후계자 자격이 박탈되는 경우가 무엇인지 알고 계십니까?"

라문은 멍한 얼굴로 느릿느릿 고개를 저었다.

후계자의 자격이 박탈되는 경우라니. 그런 게 있을 턱이 없지 않은가.

건강에 크게 이상이 있다거나 정신적으로 문제만 없다면, 샤하의 적자로 태어난 이상 다음 대 샤하가 되는 것은 묘인국에서 너무나도 당연한 것이었다.

게다가 아신은 가진 능력 또한 매우 뛰어났다. 역대 샤하 중 가장 강력한 샤하가 탄생할 거라고 다들 입이 마르도록 칭찬하는 주인공이 아닌가.

라문의 개인적 의견으로도 아신보다 샤하의 자리에 어울리는 묘인족은 어디에도 없었다.

"아신 형은 누구보다 완벽한 묘인족이야. 후계자 수업도 훌

름히 수행하고 있고, 어떤 잘못도 저지르지 않았어. 형에게는 아무런 문제가 없다고."

"그런데 왜 아사를 죽이려는 겁니까?"

"그건…… 그냥 만일을 대비해서야. 아사가 후계자 자리에 탐을 낼까봐 미리부터 차단하는 거지. 그래, 그걸 거야. 예전에도 없던 일은 아니었어."

"라문 님은 아사가 형의 자리를 넘볼 녀석으로 보이십니까?"

"……아니."

주저하긴 했지만 라문은 그렇다고 대답하지 못했다. 그러나 재빨리 반박을 덧붙였다.

"하지만 아신 형 입장에서는 충분히 그렇게 생각할 수 있다고 봐."

"천만에요. 녀석은 형을 세상 누구보다도 따랐어요. 천진한 동생이 자신의 자리를 노리지 않았다는 건 아신이란 자가 더 잘 알았을 겁니다."

형이 자신을 죽이려는 걸 알면서도 형을 미워하지 못한 게 아사였다. 그런 녀석이 어떻게 형의 자리에 욕심을 낼 수 있겠는가.

아직은 알 수 없지만, 분명 아신에게는 후계자 자리를 내놓아야만 하는 어떤 문제가 있을 거라고 리안은 확신했다.

"……."

복잡한 머릿속을 정리라도 하듯 라문은 이후로 한마디도 하지 않았다. 리안도 더 이상은 할 말이 없었기에 묵묵히 그를 따라 걷기만 했다.

"다 왔군."

라문이 다시 입을 연 건 리안의 눈앞으로 거대한 돌산이 나타났을 때였다. 돌산 입구에는 커다란 돌기둥이 두 개 세워져 있었는데, 그 앞을 묘인족 사내들이 지키고 서 있었다.

리안은 그들에게 가까이 가기 전에 향낭을 열고 그것을 허리 부근에 찼다. 독한 냄새가 순식간에 리안의 몸을 덮었다.

"라문 님을 뵙습니다."

경비를 서던 묘인족들이 라문을 발견하고 서둘러 예를 갖췄다.

"류하 장로를 만나러 왔다. 들어가도 되겠는가?"

"물론입니다. 저를 따라오십시오."

한 사내가 안쪽을 가리키며 안내를 자청했다. 인간이라는 걸 들키면 어쩌나 걱정했던 게 무안할 정도로 그들은 리안에게 아예 신경조차 쓰지 않았다. 그 순간 리안은 완벽히 라문의 시종이었다.

'휴우.'

속으로 안도의 한숨을 몰아쉬며 리안은 조심스럽게 발걸음을 떼었다.

그리고 얼마 지나지 않아 류지의 집을 미로에 비교했던 라문의 표현을 십분 이해했다.

처음엔 돌산을 배경으로 집을 지은 거라고 단순히 생각했었다. 하지만 막상 와 보니 그게 아니라 돌산 자체가 하나의 대

저택이었다.

크기와 모양이 각기 다른 동굴 몇 개가 보였는데 그곳이 입구인 듯 삼엄히 경비를 서고 있는 묘인족들의 모습이 눈에 띠었다.

리안은 그중 가장 아랫부분에 위치한 어느 한 동굴로 들어갔다.

저택으로 치면 현관 구실을 하는 곳이 아닐까 리안이 생각할 즈음, 확 트인 공간이 나왔다. 그 공간을 중심으로 다시 여러 개의 동굴이 사방으로 퍼져 있었다.

물어보지 않아도 하나하나 다른 곳으로 길이 나있음을 짐작케 했다. 어떤 것은 위층으로 통할 것이고, 어떤 것은 지하나 같은 층, 또 어떤 것은 곧바로 꼭대기로 연결이 될 지도 모른다.

'류지가 갇힌 곳을 무사히 찾을 수 있을까?'

방법도 없이 무턱대고 온 것은 아니지만 리안은 갑자기 자신이 없어졌다. 갇혀 있는 류지 때문인지 주변 전체가 철통같은 경계 태세였다.

"이곳에서 기다리십시오. 장로님을 곧 모셔오겠습니다."

몇 개의 동굴을 더 지나자 응접실로 보이는 방이 나타났다. 사내는 그곳에 라문과 리안을 남겨두고 들어온 곳과 반대 방향에 난 문으로 사라졌다.

리안이 움직이려면 주위에 아무도 없는 지금이 바로 기회였다.

"도와주셔서 감사합니다. 오늘의 은혜는 잊지 않고 꼭 갚겠습니다."

"성공하면 약속이나 지켜."

고마워하는 리안에게 라문이 무뚝뚝한 음성으로 문 쪽을 가리키며 턱짓했다. 그를 만나고 처음으로 리안의 입가에 미소가 지어졌다.

"그럼 가보겠습니다."

손을 들어 인사하는 라문을 남겨두고 리안은 들어왔던 문으로 재빨리 뛰어나갔다.

"인비저블!"

제일 먼저 투명화 마법을 시전해 몸을 가리고, 묘인족의 청각을 대비해서 소리를 차단했다.

'저쪽으로 가자.'

리안은 왔던 길을 택했다. 처음에 들어섰던 공동에서 차근차근 시작하는 게 좋을 것 같았기 때문이다.

다행히 지나올 때와 마찬가지로 그곳으로 가는 동안에는 아무도 마주치지 않았다.

리안은 최대한 조심하며 가장 왼쪽에 있는 동굴로 이동했다. 그리고 계획했던 대로 마나 탐지 마법을 시전했다.

이름에서부터 알 수 있듯이 마나 탐지 마법은 마나를 탐색할 때 사용하는 마법이었다. 일정 이상의 마나가 집약된 장소를 찾아내는 것으로, 보통 전쟁 시 기사나 마법사를 가려낼 때 유용했다.

리안이 지금 이 마법을 펼치는 까닭은 당연히 류지를 찾기 위해서였다. 신체적 능력이 뛰어난 묘인족들은 몸에 지니고 있는 마나의 양도 그만큼 많았는데, 최강의 전사라 불리는 류지는 그중에서도 으뜸이었다.

즉, 다시 말해 마나의 집약이 가장 두드러진 곳. 그곳에 류지가 있을 확률이 컸다.

생각 같아선 돌산 전체를 한꺼번에 탐색이라도 하고 싶지만, 아직 그건 리안에게 역부족이었다.

'이 부근에는 묘인족들이 별로 없군.'

리안은 탐지 마법을 펼친 채 서서히 동굴 깊숙이 전진했다. 근처에 식당이 있는 듯 음식 냄새가 어렴풋이 풍겼다. 그리고 그곳으로부터 말소리가 들렸다.

"대체 언제까지 이 짓을 계속해야 해?"

"그걸 몰라서 물어? 하늘로 솟았는지 땅으로 꺼졌는지 자취를 완전히 감췄다잖아. 그러니 일단은 찾아봐야지."

"지금까지 안 나타나는 걸 보면 죽은 게 확실한데 찾긴 뭘 찾냐? 이건 시간 낭비야."

"바보 같기는. 네 말 대로 죽었다고 치자. 아무리 그래도 동생인데 시체를 그냥 방치할 수 있겠냐? 하물며 상대는 에크라고."

"너야 말로 참 멍청하다. 내 말은 시체만 찾으면 되는데 왜 우리가 이 고생을 하냔 뜻이잖아. 술도 못 마시고 잠도 쪼개자는 게 넌 억울하지도 않냐?"

"쯧쯧, 네 녀석은 나보다 여기서 더 오래 있었으면서 그걸 정말 모르는 거냐? 류지 님 성격에 지금 이 상황을 그대로 두고 보시겠어?"

"두고 보지 않으면? 아무리 류지 님이라지만, 혼자서 뭘 하시겠냐? 기껏해야 깽판이나 치시겠지."

"깽판을 치신 다음에는 어떻게 되는데? 원로원에서, 아니, 그 전에 아신 님께서 가만히 두신대?"

"설마 장로의 아들인데 어떻게 할라고."

"하고도 남지. 지금껏 아신 님의 비위를 건드려서 살아남은 자가 한 명이라도 있었어? 더욱이 류지 님은 아사 님 편이라고. 절대 그냥은 넘어가지 않으실 거야."

"아아, 몰라! 어떻게 되든 말든 그게 나랑 무슨 상관이야. 내 소원은 그저 이 사태가 어서 빨리 마무리가 돼서, 술도 전처럼 원 없이 마시고 잠도 마음껏 자는 거야. 이대로 가다간 피곤에 절어 죽을 것 같다고."

"그깟 걸로 안 죽으니깐 엄살 그만 피우고 얼른 먹기나 해. 곧 우리 차례야. 시간 없어."

"누가 엄살을 피웠다고 그래? 난 그냥 소원을 말했을 뿐이라고. 그리고 음식은 네가 더 많이 남았거든? 내 걱정 말고 너나 얼른 드셔."

"이게 다 너 때문이잖아. 괜히 얌전히 먹고 있는 거 건드린게 누군데 그래? 냄새나는 녀석, 얼른 먹고 좀 씻기나 해라!"

"방금 전에 씻고 나왔는데 무슨 소리야? 고약한 냄새는 너한테서 나고 있다고!"

"헐, 이젠 하다하다 누명까지 씌우냐? 나야 말로 방금 전에 목욕하고 왔거든? 암만 피곤해도 그렇지, 우리 몸은 깨끗이 씻고 다니자. 엉?"

"와아, 이 자식 장난 아니네. 덮어씌울 걸 씌워야지, 친구한테 냄새를 떠넘겨?"

"하핫, 누가 할 소리를! 거짓말은 이쯤에서 그만해라. 더 하면 수치스럽다."

"수치가 뭔지는 알고 하는 소리냐?"

"설마 너도 아는 걸 내가 모르겠냐?"

"뭐야? 이 자식이 정말!"

"자꾸 자식 자식 할래?"

잠시 걸음을 멈춘 채 그들의 대화를 듣고 있던 리안은 서둘러 자리를 떴다. 처음에는 몰랐지만 그들이 말하는 냄새가 자신 때문이라는 것을 눈치챈 것이다.

아무리 향낭이 있어도 한자리에 오래 있으면 냄새가 배기 때문에 주위를 기울이면 알 수도 있다고 라문은 경고했었다. 마비된 코가 돌아오기 전에 되도록이면 멀리 떨어지는 것이 상책이었다.

'하아, 이곳도 아니군.'

그렇게 시간이 얼마나 흘렀을까.

제법 많은 곳을 살피고 돌았음에도 별 수확이 없었다. 마나 탐지 마법뿐만 아니라 마나 장악력을 통해서도 류지의 기운을 읽어보려 했지만, 어디에 숨어 있는지 기미조차 느껴지지 않았다.

갈수록 초조한 마음이 기승을 부렸다. 이대로 류지를 만나지도 못한 채 돌아가게 되는 건 아닌지 불안감도 엄습했다.

하지만 하늘의 도우심일까.

리안이 처음의 공동으로 돌아와 다섯 번째 입구로 들어섰을 때 그런 마음은 싹 바뀌었다.

탐색 마법에 감지된 묘인족의 수가 다른 곳에 비해 거의 두 배 가까이 많았다. 그들이 품은 마나의 농노 또한 지금까지 보았던 묘인족보다 한층 더 짙었다.

그것은 곧 이들이 실력자라는 소리였고, 근처에 류지가 있을지도 모른다는 얘기였다.

'다 왔어!'

리안은 힘을 내기로 했다.

동굴은 돌산의 윗부분으로 통하는 길인 듯 처음부터 상당히 가파르고 폭이 좁았다. 굴곡도 어찌나 심한지 걷는 것마저 신중함이 필요했다.

발밑을 조심하며 한참을 쉬지 않고 올라가자 간신히 평지라고 부를 만한 공간이 나왔다. 통로의 폭은 여전히 좁았는데, 그 좁은 통로에 일정한 간격으로 서 있는 묘인족을 발견하고 리안은 얼굴을 찌푸렸다.

시퍼런 안광에 제복까지 갖춰 입은 그들에게서 전사의 기질이 다분하게 느껴졌다.

'저 앞을 지나야 하는데…….'

향낭을 차고 있긴 하나 묘인족과의 거리가 너무 가깝다는 게 마음에 걸렸다. 리안이 아무리 벽에 붙어 걷는다 해도, 한두 걸음만 나와 손을 휘저으면 닿을 정도로 통로의 간격이 협소했다.

잠시 블링크를 이용해서 지나갈까 생각도 해봤지만, 그랬다가는 마나의 파장으로 인해 들킬 위험이 높았다.

공간이동 마법은 마법의 특성상 도착 지점의 마나가 순간적으로 비틀리게 되어 있다. 인간에 비해 감각기관이 월등한 묘인족들이 그것을 놓칠 리 없었다.

'하는 수 없지.'

어찌 되었든 여기까지 와서 포기할 수는 없었다. 설사 발각이 된다 해도 리안은 도망이 아닌 돌파를 할 작정이었다. 지금은 다른 어느 것보다 류지를 구출하는 것이 급선무였다.

마나 탐지 마법에 더욱 집중하며 리안이 대차게 앞으로 나아갔다.

하나, 둘, 셋…….

한 명 한 명 지날수록 뛰던 가슴이 진정되고 자신감이 조금씩 생겼다. 바로 코앞에 리안이 있다는 걸 묘인족들은 전혀 알아차리지 못했다.

하지만 통로의 중앙 부근에 다다랐을 때 드디어 사달이 터졌다.

"이게 무슨 냄새지?"

갑자기 묘인족 한 명이 인상을 쓰며 주위를 무섭게 돌아보았다.

"냄새?"

"그래, 그쪽은 안 나?"

"요상한 냄새가 나긴 하는데, 이거 밑에서부터 올라오는 거 아니야?"

"잘 맡아봐. 뭔가 다른 냄새가 나."

매서운 눈빛으로 주변을 살피며 그가 코를 킁킁거렸다. 그러자 다른 묘인족들이 따라서 냄새를 맡기 시작했다.

리안의 심장이 두근거렸다. 이르긴 했지만 향낭에 마비되었던 코가 돌아오는 게 분명했다. 더 확실하게 돌아오기 전에 이곳을 어서 빠져나가야 했다.

리안의 행동이 빨라졌다.

"……인간인가?"

그러나 얼마 못 가서 결국 들통이 나고야 말았다. 리안의 고개가 반사적으로 돌아갔다.

"……!"

처음 의문을 제기했던 묘인족 사내, 그가 정확히 리안이 있는 곳을 노려보고 있었다. 투명화 마법을 펼치고 있음에도 리안은 한순간 등골이 오싹해졌다.

"유린, 인간이라니? 무슨 소리야?"

리안의 근처에 있던 묘인족이 소리쳐 물었다.

"오늘 낮에 조엘 상단이 도착했어. 아무래도 그중 누군가가 몰래 숨어든 것 같다."

"내 눈에는 아무것도 안 보이는데?"

"냄새가 그쪽에서 나."

"내 쪽?"

"그래, 방금 이 앞을 지나갔어."

그렇게 말하며 묘인족 사내, 유린이 성큼성큼 리안을 향해 걸어왔다. 그 기세가 대단히 사나워서 리안은 저도 모르게 움찔 뒤로 물러났다.

그리고 그 순간 마치 기다렸다는 듯 마나 탐지 마법에 신호가 들어왔다. 그리 멀지 않은 곳에서 엄청난 양의 마나가 집약된 것이 느껴졌다.

'류지!'

상황은 좋지 않았지만 리안은 환호했다. 지금이라도 늦지 않았다. 류지를 찾은 게 어디인가. 리안이 들뜬 마음으로 이동을 서둘렀다.

하지만 순간 방심했을까. 빨리 가야 한다는 것에만 앞서 마주 오는 쪽을 생각하지 못했다. 막 모퉁이를 돌려는 찰나 묘인족이 바로 눈앞에 나타났다.

간신히 순발력을 발휘해 정면으로 충돌하는 것만은 피했지만 묘인족 사내의 팔과 리안의 어깨가 살짝 부딪혔다.

파앗.

그 충격으로 리안의 몸에 시전했던 투명화 마법이 공간이 어그러지듯 흔들리다가 흔적도 없이 사라졌다.

리안이 취소하지 않는 한 절대 풀릴 리가 없는 투명화 마법은 몇 가지 예외가 될 때가 있었는데, 그중 하나가 바로 지금과 같은 경우였다.

강한 물리적 충격과 다른 사람과의 신체적 접촉. 그것은 투명화 마법의 사용 시 가장 주의해야 할 점이었다.

"헛!"

"어?"

리안도 놀랐고 상대방도 놀랐다. 코너를 돌기 직전이었기 때문에 그 광경은 고스란히 다른 묘인족들에게도 보였다.

먼저 움직인 것은 리안이었다.

"그리스!"

리안은 재빨리 묘인족과 간격을 벌리며 땅을 향해 손을 휘저었다.

콰당!

도망가는 리안을 잡기 위해 걸음을 내딛으며 손을 뻗던 묘인족이 마치 빙판 위에서 미끄러지듯 엉덩방아를 찧으며 넘어졌다.

"이익!"

묘인족은 곧바로 일어나 리안에게 덤비려 했지만, 기름칠을 한 듯 미끄러운 바닥 때문에 발버둥만 쳐댔다.

하지만 그것도 잠시.

콰드득!

날카롭고 예리한 발톱이 순식간에 드러나더니 그것으로 바닥을 찍고 신형을 일으켜 세웠다. 그리곤 바닥에 깔린 마법을 의식해선지 옆으로 뛰어 올라 벽을 타고 리안을 덮쳤다.

"이놈!"

묘인족이 살기 짙은 음성으로 일갈하며 리안을 향해 앞발을 휘둘렀다.

"블링크!"

묘인족의 빠른 행동력에 잠시 넋을 놓고 있던 리안은 급히 정신을 차리고 블링크를 외쳤다.

찌익.

하지만 반응이 늦었던 탓에 약간의 옷자락이 손톱에 베여 날아갔다.

"인간이다!"

"잡아라!"

갑작스런 인간의 등장에 어리둥절해하던 묘인족들이 누군가의 외침을 신호로 달려들기 시작했다. 미끄러운 바닥 따위는 그들에게 아무런 장애가 되지 못했다. 그들의 뾰족한 발톱은 천장과 벽을 오르는 데 아주 훌륭한 도구였다.

'어떻게 하지?'

고서클의 공격 마법을 사용한다면 좁은 통로의 이점을 살려 충분히 해결을 볼 수 있는 상황이었다. 그러나 그렇게 되면 묘인족들이 크게 다칠 수도 있다. 리안이야 안전하게 이곳을 벗어날 수 있겠지만, 아사를 생각하면 차마 그럴 수가 없다.

나중 일은 모른다고, 녀석을 아직 찾지 못한 지금은 일단 몸을 사릴 필요가 있었다.

이럴 때 가장 좋은 방법이 슬립이나 포박과 같은 간단한 마법이지만, 육체적 능력이 뛰어난 묘인족에게는 통하지가 않는다고 이미 야킨이 설명했다.

'전부 다 어디로 치워버렸으면 좋겠는데…….'

"아!"

한순간 번뜩이는 아이디어가 머릿속으로 떠올랐다. 리안은 재깍 몸을 숙여 양손을 바닥에 대었다.

리안의 금색 마나가 스르르 땅으로 스며들었다. 찬란한 빛을 동반한 마나는 곧 지면 전체를 물들이며 앞으로 뻗어나갔다.

잠시 후에 무슨 일이 벌어질지 짐작조차 하지 못한 채, 묘인족들은 그 위를 거침없이 달려왔다.

콰르르르!

갑자기 지진이라도 난 듯 바닥이 요동쳤다. 다수의 묘인족들이 금색 마나의 범위에 들었을 때 리안이 명령했다.

"디그!"

그 명령이 떨어지기가 무섭게 지면이 폭삭 주저앉으며 아래층 통로와 이어졌다.

"으아아악!"

모든 물체는 위에서부터 아래로 떨어진다. 그것은 살아있는 생명체도 마찬가지였다.

묘인족들이 비명을 지르며 밑으로 추락했다. 손톱과 발톱으로 벽과 허공을 긁어댔지만 소용없었다.

"토네이도!"

리안이 생성한 회오리바람은 지상에 있던 묘인족을 한 명도 남김없이 모조리 땅 밑으로 끌고 내려갔다. 아무리 육체의 힘이 남다른 묘인족이라도 토네이도 마법에는 속수무책이었다.

"리스토어!"

묘인족들이 전부 떨어지자 리안은 재빨리 복원 마법을 시전했다. 구멍을 뚫은 채 그대로 두었다가는 다시 뛰어오를 수도 있기 때문이다.

그그그극!

뻥 뚫렸던 바닥은 언제 그랬냐는 듯 금방 깨끗하게 복원이 되었다.

"후우우."

이 모든 것이 한순간에 일어난 일이지만, 그새 리안의 이마에는 송골송골 땀이 맺혀 있었다. 하지만 안심을 하기에는 아직 일렀다.

삐이이이—

어디선가 경고음과 함께 묘인족들의 외침이 들렸다. 귀가
밝은 종족이니 방금 전의 소란을 모두 들었을 터, 계속 이곳에
있을 수는 없었다.

사방에서 부산하게 움직이는 기척들이 느껴졌다.

지나온 길에는 숨을 만한 곳이 없었다. 리안은 곧장 류지가
있는 방향을 향해 뛰어갔다.

"저쪽이다!"

그러나 얼마 가지 못하고 리안은 멈출 수밖에 없었다. 근거
리에서 묘인족들이 몰려들고 있었다.

아직 시야에는 보이지 않으나 잠시 후면 앞뒤에서 리안을
압박해올 기세였다.

'어쩌지.'

투명화 마법을 다시 시전한다고 해도 조금 전의 상황과 크
게 다르지는 않을 것이다. 양측이 묘인족으로 꽉 막힌 상태에
서 이런 좁은 통로를 몰래 빠져나가기란 어려웠다.

"이리로."

갑자기 등 뒤에서 낯선 목소리가 들린 것은 그때였다. 굵은
저음의 음성이 바로 지척해서 들려오자 리안은 소스라치게 놀
랐다.

언제 어떻게 다가왔는지조차 몰랐다. 숨 쉬는 것조차 멈춘

채 리안이 천천히 고개를 돌렸다.

"이런, 들키겠군."

하지만 미처 상대의 얼굴을 확인하기도 전에 우악스러운 힘에 이끌려 몸이 끌려갔다. 크고 억센 손길이 손목에서 느껴졌다.

그리고 다음 순간, 리안은 그 힘과 함께 벽 속으로 빨려 들어갔다.

"허억!"

"쉿, 조용."

바로 뒤에서 목소리가 다시 들려왔다. 머리 위로 입김이 느껴지는 것으로 보아 상대는 키가 꽤 큰 모양이었다.

"저기……."

리안이 그를 향해 돌아서기 위해 몸을 움직였다. 아니, 그러려고 했다. 뒤에 선 사내가 리안의 양팔을 잡으며 나직이 속삭였다.

"아직 안 돼."

리안의 오른쪽 팔에 닿은 그의 손가락이 조용히 앞을 가리켰다. 처음에는 그것이 무슨 뜻인지 몰랐지만, 곧 손가락이 향하는 곳이 조금 전까지 자신이 있던 곳임을 알아차렸다.

누렇고 탁한 벽 건너에서 묘인족들의 말소리가 넘어왔다.

"어디로 사라졌지?"

"여기가 맞는 것이냐?"

"네, 틀림없이 이쪽입니다."

어떻게 된 것인지는 알 수 없으나 리안은 그제야 자신이 벽의 안쪽에 있다는 것을 깨달았다. 분명 입구 하나 없이 사방이 막힌 곳이었는데, 놀랍게도 이런 공간이 존재하고 있었다.

"침묵의 방에는 아무 일 없느냐?"

"그곳은 잠잠합니다. 목적이 류지 님이라도 해도 거리도 있고 하니 아직 거기까지는 가지 못했을 겁니다."

"그래도 혹시 모르니 내가 직접 그리로 가보겠다. 넌 장로 님께 가서 여기 일을 보고하고, 남은 인원은 저택 전체를 샅샅이 뒤져 침입자를 찾도록 하라!"

묘인족들은 다시 뿔뿔이 흩어졌다. 그들의 대화 속에서 리안은 류지가 침묵의 방이라는 곳에 갇혀 있음을 짐작했다. 그리고 그곳이 이곳에서 제법 멀다는 것도.

'그럼 아까 그건 누구지?'

마나 탐지 마법에는 분명 엄청난 양의 마나가 포착되었다. 그 정도 마나라면 당연히 류지일 거라고 리안은 생각했었다. 묘인족 최강의 전사라고 불리는 그가 아닌가.

'설마?'

그러고 보니 아까부터 왠지 목 뒤가 서늘하다. 인지가 늦었지만 마나 장악력을 통해 느껴지는 기운이 자못 살벌했다.

리안은 자신을 구해준 이로부터 얼른 떨어져 천천히 뒤를 돌아보았다.

일단 키가 매우 큰 사내였다. 태어나 처음 보는 은백색 눈동자에 허리를 덮는 치렁한 흑발, 다갈색 피부는 아사만큼이나 까맸다.

화려한 금색의 터번으로 머리를 감싸고 조금은 뻬딱하게 서 있는 사내는 아사만큼이나 아름다운 미모를 자랑했다.

각진 턱선과 약간 찢어진 눈매가 상당히 차가운 인상이었지만, 그것이 결코 그의 외모를 죽이지는 못했다.

도와주었으니 고맙단 인사를 해야 하는 게 예의라는 걸 알면서도 리안은 이상하게 말이 안 나왔다. 설명할 순 없지만 상대의 무심한 눈빛이 왠지 리안을 긴장하게 만들었다.

누구나 눈에는 감정이 드러나기 마련인데, 사내는 도무지 무슨 생각을 하고 있는지 알 수가 없었다.

'자, 잠깐……!'

은백색 눈동자, 긴 흑발머리, 다갈색 피부, 알 수 없는 시선.

리안의 머릿속에 일순 번개가 내리쳤다.

눈앞에서 거부할 수 없는 존재감을 뿜어내고 있는 사내.

그였다.

아신.

아사를 죽음으로 몰아넣으려는 형.

예기치 않은 그와의 만남에 리안의 마나가 요동쳤다.


『마법군주』 8권에서 계속

작가 블로그 http://balen.tistory.com

# B J

백묘 판타지 장편소설

FANTASY STORY & ADVENTURE

## 비제이

대상인의 동전에는 재물의 행운이,
농부의 쌀에는 풍농의 기운이 서려 있다!
백묘 판타지 장편소설 「비제이(B.J)」

리텐 제국의 신비로운 보물 트레저!
트레저의 봉인이 풀리는 순간, 세상은 혼란에 빠진다!

dream
books
드림북스

『흑마법사 무림에 가다』의 베스트 작가!

박정수 판타지 장편소설

무장편

# 제왕록

박정수 판타지 장편소설

FANTASYSTORY & ADVENTURE

삼천 년 동안 대륙의 일통을 꿈꾼 자는 많았다.
그러나 그 꿈을 이룬 자는 오직 한 명뿐!

신분의 굴레를 벗기 위해 전장으로 향하는 칼스.
그것이 기나긴 대륙 통일 전쟁의 시작이었다!

★
dream books
드림북스

魔龍傳
마룡전
김강현 신무협 장편소설
ORIENTAL FANTASYSTORY & ADVENTURE
『투신』, 『마신』, 『천신』의 작가!
김강현의 신무협 장편소설
고독(蠱毒)에 조종당해 지옥에 내던져진 마룡단.
잔혹한 음모와 혈투 속에서도 그는 살아남았다!
잊혀진 마룡단의 생존자 강하진이 돌아왔다.
음모의 배후를 처부수고 복수를 이루리라!
dream books
드림북스